清平 智慧书

陕西光彩书画院荣誉出品

林清平 ◆ 著

安徽师范大学出版社

**图书在版编目（CIP）数据**

清平智慧书 / 林清平著 . — 芜湖：安徽师范大学出版社，2018.6

ISBN 978-7-5676-3563-0

Ⅰ . ①清… Ⅱ . ①林… Ⅲ . ①散文集－中国－当代 Ⅳ . ①I267

中国版本图书馆 CIP 数据核字（2018）第 102713 号

清平智慧书

林清平◎著

QINGPING ZHIHUI SHU

责任编辑：郭行洲
装帧设计：丁奕奕
出版发行：安徽师范大学出版社
　　　　　芜湖市九华南路189号安徽师范大学花津校区
网　　址：http://www.ahnupress.com/
发 行 部：0553-3883578　5910327　5910310（传真）
印　　刷：浙江新华数码印务有限公司
版　　次：2018年6月第1版
印　　次：2018年6月第1次印刷
规　　格：700 mm×1000 mm　1/16
印　　张：16
字　　数：173千字
书　　号：ISBN 978-7-5676-3563-0
定　　价：48.00元

# 做对人生加减法（代序）

辞旧迎新时，人们难免有些感慨，更多的则是充满期待。

对我而言，2017年既平淡无奇，又烙印极深。过去的一年里，我事业上毫无建树，想做的事没有好好做，不想做的事一件都没逃掉。年初的时候，原本计划出版一本书，写一批文章，但途中被七七八八的事情耽搁，进展极其缓慢。五月份，这个进程又被一场病打断。

表面上看，我身体一向不错，实际上内部有些零部件早已埋下了隐患。毕竟到了知天命的年纪，加上一直以来埋头干活，对这副皮囊疏于保养，让身体这架机器长期超负荷运转，内部某个零件的故障忽然有一天就发生了。

记得是2017年5月初，早晨上班路上，我偶尔会感到胸痛。一开始，胸痛持续的时间也就几十秒到分把钟，我并没有当回事。就这样拖到5月中旬，我的胸痛症状不仅没有减缓，反而愈发严重，而且发生的频率越来越高，每次持续的时间也越来越长。一天早晨，我上班走到半途，胸痛又发生了，而且愈来愈剧烈，以致蹲在马路边无法走路。幸好我单位办公室主任吴志红先生路过时发现了我，并及时派人将我送进了医院。

经过一番常规检查，医生怀疑我可能患上了冠心病，要住院做心脏造影检查之后才能确诊。我抱着"也许不是"的侥幸心理，坚持不住院，医生只好给我开了一些速效救心丸让我在发病时救急。

别说，这"速效救心丸"还确实管用，以后我再胸痛时口含几颗，疼痛很快就会缓解。就这样又拖了一周，直到速效救心丸也越来越不管用了。5月下旬，我不得不住进了医院，经心脏造影检查，发现我左边的三根心脏冠脉均有不同程度的堵塞，其中一根堵塞了95%，另两根各堵塞了70%，如果不及时做心脏介入手术，随时可能发生心梗，导致生命危险。不得已，我只好同意医生的建议，做了心脏介入手术，安装了一根心脏支架。

从此，我的身体里多了一个外物——心脏支架。因为这个外物，我每天需要服用大量的药物，并且要服用一整年，其中有些药物还要终身服用。

做心脏介入手术至今半年多，我的身体一直处在恢复期，动作幅度大点就会心慌气短，跟之前气壮如牛的我相比，差了不是一点点。由此我感到了生命的脆弱和健康的珍贵。

不管是平淡无奇，还是烙印深深，好在我人生里的 2017

年已经一去不复返了。唯一留在我心中的就是感恩，我感恩一场病给我关于生命和健康的提醒。

2018 年是全新的，我的人生也正在新的起点上踏上新的征程。

如果说在此之前，我一直在做错误的人生加减法，那么从今而后，我要力争做正确的人生加减法。有生以来，我几乎一直在追逐着世俗的功名利禄，看似做人生的加法，实际上呢，为此付出了健康的代价，做的原来都是健康的减法啊！这种错误的人生加减法，我一做就是几十年，不仅不知错，反而乐此不疲。

好在我现在明白这个错误还为时不晚，和全新的 2018 年一道，我要一改过去的错误人生加减法，在生命健康上做加法，于世俗的名闻利养中做减法，用我未来的岁月做出正确的人生加减法，交出一份完美幸福的生命答卷。

# 目　录

## 品格修养篇

## 自我管理篇

## 心灵教育篇

## 附录:读者之声

# 为人处世篇

# 学会成全，懂得随缘

　　我每天用文字储蓄一点时间，日积月累，息中生息，心灵便拥有了额外的财富。虽没有成为富翁的企望，但我确信，这些时间储蓄，可以帮我获得重温人生的快乐，并因此将我的生命稍稍拉长。不断地储蓄时间，时间便有了形状、颜色、质感和味道。

　　先关照好自己，让自己成为一个正能量的人。若还有余力，才去关心关注他人和社会的事情。每个人都是他人的关系人，都是社会的一分子，连自己都没有关照好，内心满满的负能量，偏要去关心关注他人和社会，有害无益。一滴清水入河，虽不能让河水更清澈，起码不造污染，但一滴墨就另当别论了。

　　春天来了，花儿要开；秋风起了，叶会凋零。斜阳之后，就是夜晚；旭日升起，云便灿烂。宇宙自然有自己的规

为人处世篇

律，不会因你的心情而改变。和一切外物相处，最智慧的做法就是随缘，该接受时不拒绝，该放下时不纠缠。人活一辈子，没必要和注定不能改变的东西较劲，一定要照拂好可以自主的内心乾坤。

将每一个当下都当做生命的最后一刻，欢快和焦虑都不过露水一般短暂，你孜孜以求，你不得解脱，都变得毫无意义，毫无必要，唯有内心的妥帖、沉静和安详，才是最大的享受。不恐惧、不惶惑、不纠结、不烦恼，人生就不是痛苦，而是享受。随心、随性、随缘地享受每一个当下，才能真正享受人生。

成全他人，是对自己的放过；成全他人，也成就了自己。譬如太阳不成全大地万物，哪有旭日的升起；譬如一个人老是和自己无缘的人纠缠，难道不是和自己过不去？学会成全，懂得随缘，我们才能活出真正的自己，得享一世的安详。

世间一切值得你耗费时间的人和事，都与你有缘，随缘就好。

# 若真正在乎一个人，就爱惜 ta

你对一件事越在乎，压力就越大。在乎，是一种态度；太在乎，就成一种负担。做人做事，介于在乎和不在乎之间，这个分寸拿捏好了，才轻松自如。

若真正在乎一个人，就爱惜 ta，没有爱惜的在乎其实是不在乎。若真正爱惜一个人，就理解 ta，没有理解的爱惜其实是伤害。若真正理解一个人，就帮助 ta，没有帮助的理解其实是添乱。若真正要帮助一个人，就欣赏 ta，欣赏就是对他最大的帮助。

任意开始一件事，专心而持续地做下去，这件事就会渐渐融入你的生活，成为你的人生方式和生命状态。不管这件事一辈子能否做得完，都一定会被你做成功。将一件事情做到灵魂里，这一生做不完，来生还会继续做，做着做着，就做成一种每日精进的修行，总有觉悟的那一天。

在夜晚，就享受夜晚；在早晨，就享受早晨。回味和期许都不真实，当下的享受才是真享受。能够享受所面对的一切，你就已经驾驭了生活，懂得了人生，了然了生命。

人家越是拿你当回事，你就越不要将自己当回事。在精明人太多的世界上，做个痴人也好。

受不得苦的人，一定也享不起福。

在意了，就执着了；执着了，就浮躁了；浮躁了，就粗鲁了；粗鲁了，就掉价了；掉价了，就没脸了；没脸了，就堕落了。从在意开始，到堕落结束，不是这个世界不善良，而是自己不强大。

善待那些和你一起走的人，你的行旅就不会孤单；爱惜那些和你心灵相似的人，你的灵魂就不会寂寞。

这世上到处有方便，又到处有不方便，所以处世做人，只要心存正念，可以用方便的法子，也可以用不方便的法子。活着，不添他人的负担；去后，不扰生者的梦境。人生就是一个生与死的问题，参透了，生活便云淡风轻，生命便了然自在。

雨夜，雨夜，下雨的初冬之夜，沏一壶红茶，守一份安静，胜过最美的红酒和诗歌。

# 你不在这个江湖，就在那个江湖

鸟儿要证明自己的存在，一是鸣叫；二是飞翔。对一只鸟儿而言，鸣叫显然比飞翔取巧省力，但如果没有飞翔，那还是鸟儿吗？如果我是鸟儿，我会更多地使用翅膀，而不是嘴巴。

一个人要想在他人心目中获得份量，先得自己有分量。这个分量，不在于你的块头有多大，而在于你的能耐有多大；不在于你的个子有多高，而在于你的品行有多高。光有能耐没有品行，或者光有品行没有能耐，你在他人的心目中分量都一定有限。你在他人心目中占多少分量，不是他人给的，而是自己挣的。

让他人分享你的快乐，你的快乐会增加；让他人分享你的智慧，你的智慧会提升。与人分享自己的快乐与智慧，做的是加法不是减法，是得不是失，似舍实是取。

有些人注定是你生活中的浪花，稍纵即逝，永不回头。太在意这些浪花，你的人生怎么会如意？不要将有限的生命浪费在无情的浪花上，值得你用心的人，是那些默默关注你的人。

你在一个人心中分量有多重，称重的方式简单：交给对方一件随手可以办到，却对你很重要的事。对方办事的态度和效率，就是你在其心目中的分量。

世间未被发现的东西无穷无尽，一个小小的发现，就比你掉一百个书袋不知要强多少倍。世上的事理没那么复杂高深，书袋都是后人吊的，密钥都是人为设置的。拿知识当学问，拿学问当智慧，于己或可图利，于世却无裨益。

人群就是江湖，一个圈子就是一个江湖。行走江湖，如要扬名立万，就要谨言慎行。谁都逃不过，你不在这个江湖，就在那个江湖。

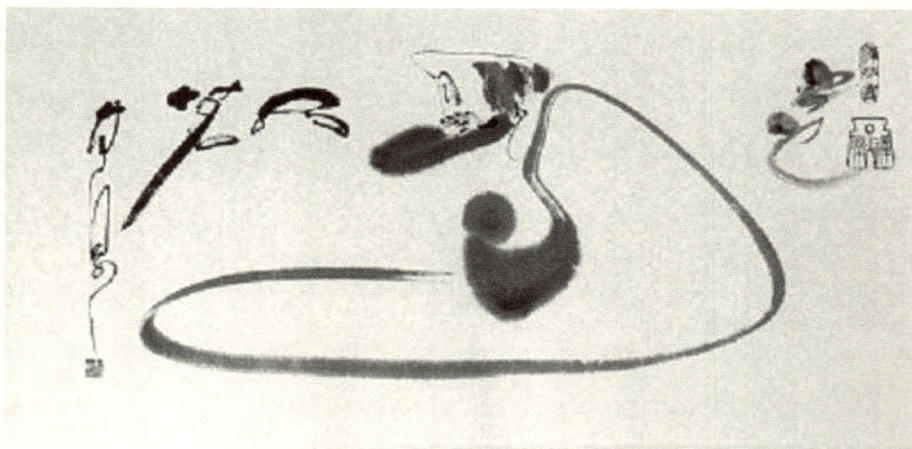

# 爱时要有距离，恨时要留余地

有爱，就有不爱；有恨，就有不恨。爱时要想，有一天不爱了怎么办；恨时要想，有一天不恨了怎么办。爱如血肉相连，就要准备承受不爱时撕心裂肺的痛苦；恨若深入骨髓，就要准备承受不恨时相对无措的尴尬。何以才能减少这种痛苦和尴尬？答案只有一个：爱时要有距离，恨时要留余地。

相识相约，相知相恋，由恋到爱，一生一世，又恰巧都是相互间的事。此生不遇，来生何求？世界上两个完全陌生的人走到一起，相爱然后结婚，这是一件很了不起的事情。爱和婚姻需要不断维护，最好的维护方式就是委曲求全。倘若一方对另一方的委曲求全已经视而不见、无动于衷，那么他们的爱和婚姻这辆车就行将报废了。

如果一桩婚姻，让男人越来越畏畏缩缩，或者让女人越来越战战兢兢，都注定不是好姻缘。婚姻是人的第二次生

为人处世篇

命，品质的优劣对夫妻双方的影响是终生的。爱情是一次历险，婚姻则是一场赌局。

父母没得选，夫妻可以选。你想有什么样的父亲，就选什么样的男人嫁；你想有什么样的母亲，就选什么样的女人娶。用对了这个选择权，你的后半生想不幸福都不行。

所谓爱情，一生只有一场，是两个人的骨肉相连，哪怕有一点牵扯，都会痛。所谓移情别恋，其实与爱情无关，倘若爱了，即使遍体鳞伤，即使生生相离，那痛不会消逝，注定缠你一辈子。爱情只有一场，除此，大多是错觉，是否发生则需要缘分。

爱情有爱情的味道，婚姻有婚姻的实在，要爱情也要婚姻，是大多男女的正常追求，能否二者兼得，就看各位的造化了。

其实，人的一生，总也逃不过一个"情"字，不是被有情所困，就是被无情所累。

男人和女人可以是家，可以是顺其自然的婚姻，男神和女神在一起只能是庙。其实，有时还是一个人品品茶比较好。

有人说，喝酒有喝酒的味道，散步有散步的情趣，不要强求划一，各取所需便好。

再刻骨的爱恨情仇，都是戏；再刻薄的嬉笑怒骂，还是戏。因为，人生原本就是一场戏，演得如何不重要，尽力就好。

# 有些事不是非做不可

人过中年，步履重起来，时光却似乎开始了加速度。渐渐超越的时光，冷漠地将我们落在身后，自顾自地奔跑。其实时光的脚步并未加快，而是我们的步子不知不觉中慢了下来。问题是，我们的心却在不断加速，生命的油耗越来越大。我们的身慢心速，缘于太多的负重，缘于名闻利养一样也舍不得丢下。

食之无味，弃之可惜，不少人就是被这样的鸡肋羁绊，一生都无法实现自己想要的生活。之所以被羁绊，多半因为对未来的不自信，不知道丢了这根鸡肋之后，到底能不能得到比鸡肋更好的东西，故而也就这样得过且过了。

有些事不是非做不可，而我们却一心想做；有些事辛辛苦苦做了也等于没做，我们却乐此不疲；有些事明知做了吃力不讨好，我们却仍然执着。我们怜悯他人，其实自己更可怜；我们笑话他人，其实自己更可笑。无力感，没劲，真正的原因其实在此。故而，放下了，才有力；解脱了，才有劲；不跟你玩了，才自在。

放下的道理想通容易，放下的实务做到很难。结果是，今天想放下，今天没放下；明天想放下，明天也没有放下。一生都想着放下，一生还是放不下。这就是人的可叹可怜可悲之处，也或许正是人的可赞可敬可喜之处。

日子能过，就要知足；负担太重，放下便好。不知足，再好的日子都是烦恼日；放不下，总有一天会被压垮。烦恼多了，人生就是苦海；被压垮了，背得再多都不是你的。知足了，自然就放得下；放下了，自然就睡得香。

做一个自由舒展的人，不再蜷缩在红尘的某个地方，也不再被任何东西羁绊。一切所谓的难舍难分，一切所谓的无法割舍，其实都与己无关。

一个梦想的距离有多长？一次爱恋的生灭是多久？不过呼吸之间。生时所得，去后必舍，唯有灵魂的无拘无束，才是真正的不离不弃。

除了生计之事，其他的与你都关系不大，与其为之耗费时间，不如拿这些时间来快乐自己。

将当下正过的日子当做最好的日子，烦恼便远离了你。

# 世人最难做到的六个字

　　喜欢早起，钟情旭日，是因为有一颗向上的心。早晨是光明的缘起，旭日是向上的引领，追随光明，积极向上，我们的生活才有了方向，人生才有了目标，生命才有了源源不断的正能量。当早起成为习惯，当旭日成为收藏，我便与早晨一起，我便和旭日同光，朝霞里灿烂有我，鸟鸣中我亦歌唱。

　　世人最难做到的是六个字："不激动，不生气。"遇到好事就激动，遇到坏事就生气，这是人的习气，多数人倾其一生都难以改掉这种习气。修行，要修掉的就是这种习气；普通人所讲的磨炼，也是为了磨掉这种习气。凡夫生活在习气中，无法恒常地保持心平气和。不激动不生气的人，才是真正的高人圣贤。

　　你做的事情是一件向上的事情，哪怕起步再艰难，过程再艰辛，再怎么不被人理解和支持，都值得一直做下去。只要你一直坚持做，久而久之，自然会有助缘的人出现，随缘的人也会越来越多。这个世界从不缺向上的心灵，既然你做的是一件向上的事，迟早会聚合这些向上的心灵来一起做这件事。

一条船的惶恐，不在于风浪有多大，而在于它遍体鳞伤时，失去对港湾的信心。一个人的惶恐，不在于人生路上有多少风雨坎坷，而在于无法确定他再也走不动时，最信赖的同路人会不会扶自己一把。出家人在老病时，庙是他唯一的依靠，同修会照顾他。而一个普通人，如果得不到同行者的护持，老病便是他的地狱。

遇到坏事不慌张，做到不易；面对好事不心动，修成极难。

闲来喝喝茶，有空翻翻书。早起听鸟鸣，睡前发发痴。

世人真是可怜，尚未开悟时，没有点滴智慧，哪怕是学历高到硕士博士的人，同样没有半点智慧。不是执着于此，就是执着于彼，谁的牵引力大就跟着谁走，他们心中永远有个自我，却从不知道什么是自主。因为没有智慧，他们没有辨别力，分不清正和邪，正牵不走，邪一领就跑。世人实在可怜，这些可怜人也包括我。我的愚痴我明白。

# 能陪你一路走过的是哪些人

一个人再有本事，没有合适的人帮衬，一定做不成大事；一款产品再好，没有合适的人发现并推介，难以做出大市场。合适的人很重要，生命中遇到合适的人，你才能做大人生的格局，譬如文王遇到贤臣姜尚。合适的人，就是你生命中的贵人。

午间坐在椅子上小眯，阳光暖融融地裹在身上，热烘烘地罩在脸上，仿佛柳在抽绿，花在开放，一点深冬的感觉都没有。小狗豆豆趴在我脚前的地毯上，兀自摆弄着自己的线球玩具，喉咙里偶尔发出欢悦的哼哼声。我闭着眼睛，打开心灵，任神思在光芒的虚空里行走，渐渐地什么都不再关注，直至忘却了自己。

感恩那些花时间在不同时段看我博文的好友，感恩那些出银子从各种渠道购买我书籍的读者，没有你们无私的奉献,我的写作只能孤芳自赏,对这个世界毫无意义。热心的博友和读者,是你们在鞭策成就我的文字人生,你们都是我生命里的贵人。

捧一轮旭日给你,希望属于你的每一天都晴朗;摘一片朝霞给你,祝福你每一个笑容都灿烂。这世上一切与我有缘的人,都是我的分身,你们安好,我便阳光。

这年头,你手头紧的时候,什么最难?借钱。肯借钱给你的人,一定是你的贵人;不仅肯借,而且连个借条都不让你打的人,一定是你贵人中的贵人。如今,这样的贵人不多,遇到了,必须珍惜一辈子。在你困难时借钱给你的人,借给你的不是钱,而是信心,是信任,是激励,是对你能力的认可,是给你的未来投资,是你这辈子最值得爱和尊敬的人。

少沾惹那些不尊重你劳动,看不见你价值,不懂得你情怀的人,这些人即使不成为你的噩梦,也绝不是你的善缘,一旦沾惹,有一天你甩都甩不掉。要珍惜那些无私帮助你,无故欣赏你,无由牵挂你的人,这些人才是和你灵魂相似的人。他们是你生活中的阳光,人生中的雨露,生命里的贵人,是你这一生巨大的福报。

世上最值得你付出爱的人,一是父母,二是衣食父母。在此基础上,你才有资格爱其他。你连自己的父母和衣食父母都不爱,还能爱谁?那个爱是虚的假的,爱谁谁吃亏。有些人满口跑爱,其实不过爱自己,从未爱过其他人。

能陪你一路走过的是最值得你付出爱的人。好在一路上有你，不然早就走不动了。

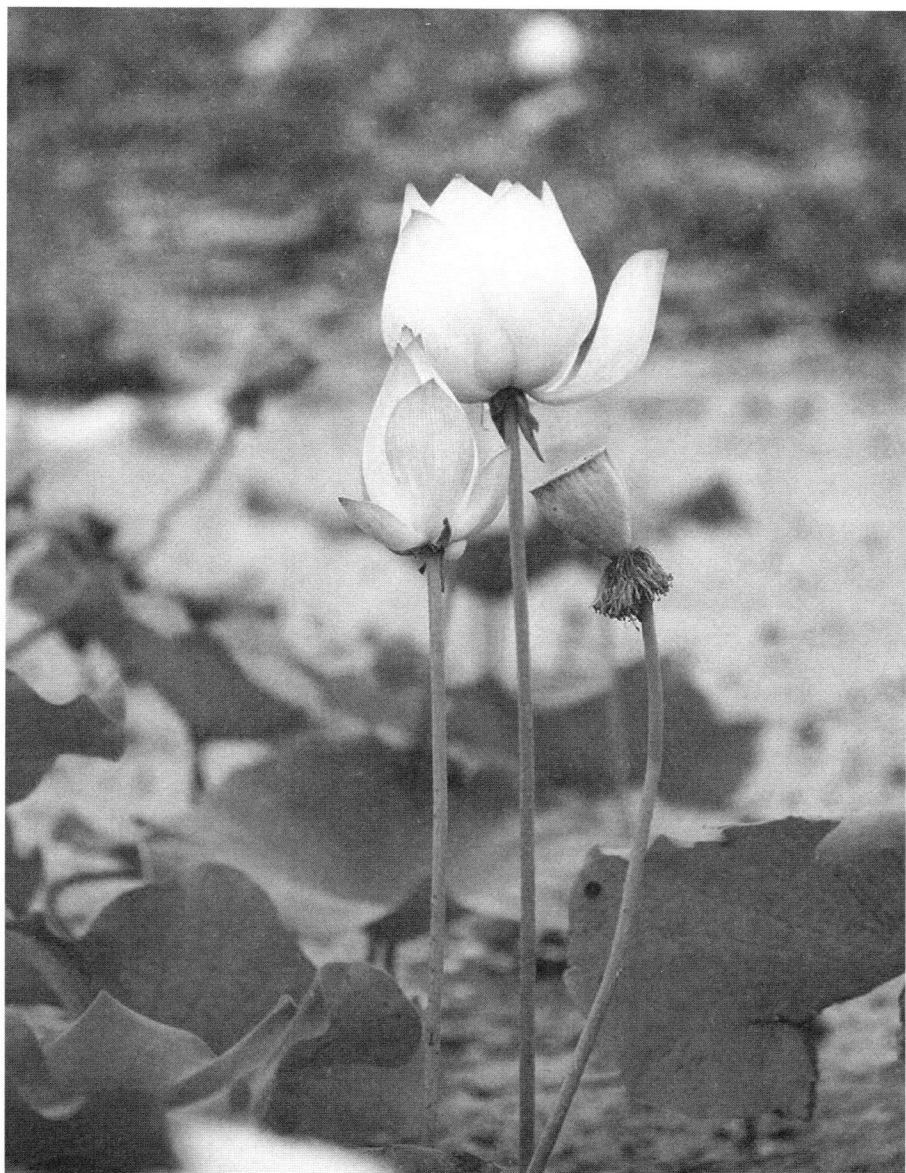

# 如何少走一些人生的弯路

有些人，相互间从陌生到熟悉；有些人，相互间从熟悉到陌生。前一种源于渐渐的深入了解，后一种因为忽然发现的错觉。

对有些人来说，你就是包装盒、垃圾袋和废报纸，用完就丢了。与其计较丢弃你的人，不如让自己可以被重复利用。如果你是阳光、空气和水，就会被人家一生一世需要，想丢都不敢丢。不要指望世上所有的人都懂得感恩。

一位草根画家，半生以画画为生，年过五旬，依然生活潦倒。尽管如此，他依然每天埋头作画。面对炒翻天的书画市场，也是无动于衷。这个人有一句口头禅："人家看不看得起我不要紧，但我自己要看得起自己。"我想，一个人只有看得起自己，才能坚持自己选定的生活方式吧。

人到了知天命的年纪，多少都有了一些智慧，这是经历的积累、阅历的打磨、岁月的沉淀而成。机灵的年轻人因为善于从这些人身上汲取智慧的营养，所以少走很多人生的弯路。虽然年轻人走一些弯路也很必要，但如果在弯路上有若干参照和提示，走起来可能少一些盲目，多一份清醒，安稳从容一点。

一件事，既可自利，又能利他，何乐而不为？所谓君子爱财取之有道，君子也是人，当然也有爱财之心，说不爱财那就是伪君子。所不同的是，君子不乱取财，取必有道。所谓道，无非就是自利的同时也能利他。

生活在红尘中的人，不管从事什么职业，也不管地位高低，都一样可以修行。不是要修成佛，也不是要修成仙，而是要修成一个人格健全的人。

在生活和工作中，行住坐卧，时时处处都可以修行。我们凡人要修成人格健全的人，就必须做到三修：修身以健康体魄、修心以涵养性灵、修德以高尚品行。世界看似广袤，我们尚可以极目天边；人心看似很小，我们却永远无法摸到边际。

没实力时，你说的话再有力量也没有力量；有实力时，你说的话再没力量也有力量。

凡事做最大的努力，坦然接受任何可能的结果。结果我无法一人把握，但努力多少却全权在我。做任何事情，都不妨运用一下这种思维。

世上的人和事，不必刻意记住，也不必刻意忘记。该记住的一定忘不了，能忘记的原本就不必记。记住或忘记，做主的不是你，而是因缘。

# 有些人可以不交，有些事则必须说破

说走就走，是一种自由，真正拥有这种自由的人其实不多，因为总有这样那样的牵绊。说走就走，是一种豪迈，真正能够担得起这份豪迈的人少之又少，因为总有太多的东西放不下。除非你一无所有，或者你已经彻悟人生，否则又哪能说走就走呢？

可以有任性的人生，生活中却不能太任性。人生是自己的，生活难免与他人相关。所以要洒脱，所以应独立，所以需坚持；所以有礼让，所以要隐忍，所以需随缘。人生要有目标，生活要有格局，为目标，必须持续精进；有格局，才能随方就圆。人生属于翅膀，可以任性地飞翔，生活则要如水刚柔相济。

每个人都有自己的苦衷，请理解他们，不要刨根问底，求全责备；每个人都有自己的得意，请尊重他们，给他们表现的机会，不吝啬地给他们点赞。每个人里，包括我，包括你，也包括他，没有人能够例外。你不理解别人，实际上是跟自己过不去；你不尊重别人，其实是在践踏自己。

不说大话，话大到连自己都不相信，怎么能让别人相信呢？别说小话，话小到连自己都觉不合情理，别人又怎么会信服呢？要说就说实在话，世上没有几个智力障碍者，你的话实在不实在，多数人还是听得出来的。拿大话唬人，用小话搪塞，终究都不是君子所为，只不过是小人的花招。

有些事不能说破，说破了就很无趣，譬如两个人之间的一些小秘密；有些事无须说破，说破了反显无知，譬如那些不言而喻的事情；有些事不说自破，说破了岂不多余？譬如大家都心知肚明的事情。而有些事则必须说破，说破了才能渡人渡己，譬如事关世道人心的事情。

比较的人生难自在，因为比较，乐不长久，苦却恒常。苦乐都是对心的磨损，唯油然而生的欢喜，才可接近真如。你见过比较的旭日和朝霞吗？因为从不比较，朝霞和旭日从来无所谓乐，也无所谓苦，属于她们的只有灿烂的欢喜，光热的慈悲。其实，苦乐也是一种比较的存在，不比较，才自在。

靠不住的事，做了等于没做；不靠谱的人，摆谱也是白摆。明知靠不住的事，非要去做，也没人拦你，反正力气是你自己的，怎么花是你的事；明知不靠谱的人，非要接谱，最终谱个什么曲子，都是你自己唱，和别人没有关系。

你可以一次次从头再来，但时间不见得同意你这样任

为人处世篇

性；也有权一回回从零开始，但生命不一定经得起如此消磨。世上从不缺从头再来的成功，也不缺从零开始的收获，但世上从来就没有真正的从头再来，也没有真正的从零开始。所谓从头再来绝不是让你回到原点再来，所谓从零开始也绝不是让你从归零开始。

做过的事不后悔，没做的事请随缘。一切皆有定数，一切都很无常，当下呼吸，顺畅就好；这时阳光，欢喜承受。

# 以平常心处世，用欢喜心交往

　　夜雨点到为止，刚好将小区的水泥地面打潮，刚好在西窗铁树的叶尖上凝成细细的水珠，刚好让深秋的早晨有了湿润感。我用简单的吐纳，接受天地日月的精华，一点点充满内心的博爱和善良。静谧被一声欢悦的鸟鸣打破，灵魂里花儿兀自开放，每一根血脉里都春暖流荡，阳光奔跑，河水淙淙。

　　工作中精益求精，生活里随圆就方，这是我人生方式的一种。工作时，我在社会化的链条之中，不能马虎，出了故障，难免对他人造成影响，这是对他人的不尊重。生活则是个人化的事情，怎么轻松怎么过，适合自己就好，舒坦安妥就行，不一定非要刻意地精致。生活不是给别人看的，而是为自己过的。

　　你有一杯水，自己喝了，别人一般不会有意见；你有一桶水，拎回家供家人饮用，大家也会理解。如果你有一条河，非要据为己有，不让他人共用，那这条河不久就会被污染，往河里倒垃圾，抛死猪死鸭者大有人在。你有余，要懂得补人不足，否则，你有的最终也可能保不住。这是世道，这是人心。

面子不是人家给的，而是自己挣的。挣面子犹如挣钱，钱是挣来的，而不是争来的，挣是一份努力一份付出；争则是一种逞强一种索取。

本来就没什么，为什么要在乎？原本就没怎样，何以要计较？高点低点，热点冷点，强点弱点，到头来都是一回事。你果真懂得这个道理，并加以忠实践行时，你的世界将无穷地大，你的能量将无穷地强，你的人生也就自然无穷地开阔。

以平常心处世，用欢喜心交往。别人看好你，你要感谢别人的宽怀；别人反感你，你必有做得不周到之处。只要你处心良善，人家怎么看你都不要紧，关键是自己要懂得感恩和反省。譬如我，除了会码字之外，一无所长，一无所取。听一句好话，就沾沾自喜；一被批评，就心有戚戚。自我教育，任重道远。

放过自己，不要放任自己；放松自己，不要放纵自己。人生最大的无趣，就是和自己过不去；生命最大的无知，就是将自己捆得太紧。

有些场合你是主角，有些场合你是配角。有些时候你可以滔滔不绝，有些时候你只能木讷寡言。当主角时，你说的话再多也有人听；当配角时，你如果实在是话痨，也要围绕主角的话头来，千万不要抢了主角的台词，你再会抢，真心听的也一定不多，讨厌你的人却必然不少。

这个世界是世俗的，世俗有世俗的法则，你没有能力打破它的时候，唯一的办法就是遵循它。譬如开口求人，你先要想想自己能否支付求人的成本，满足对方心理和有形的需要。多数被求的人不会无缘无故帮你，他们帮你必有所图：要么心理上获得满足，要么得到有形的回报。

人生不会一马平川，有低谷，也有巅峰。处在低谷时，别低落，有一天就能爬出低谷；达到巅峰时，莫癫狂，忘乎所以注定会摔得很惨。能够奋力隆起，懂得削平就低，生命的路才会平坦。

# 开明地看自己，辩证地待他人

我很少用闹钟，叫醒我的一般都是鸟鸣。早晨的鸟鸣是大自然的节奏，跟上这样的节奏，我的身体也成了大自然的一部分。我从不赖床，因为心中有旭日和朝霞，是旭日就要升起，是朝霞哪能不灿烂。我是属于早晨的，只有走进晨光里，和鸟鸣、旭日、朝霞融为一体，生命才最舒适最安妥。

大师的话即使无比正确，但对你也不一定正确。凡是别人说的话都只能做参考，包括大师的。做自己最重要，谁说的话让你获得欢喜，谁的话才对你有益。我个人的感受，你没真做，你就说不出；你说出来的，都是别人说过了的。

如果没有更好的选择，就安于当下已经选择的。所谓"安"，就是心平气和地接受，不加抱怨地坚持。坚持不一定能得到期待的结果，但一定能获得意外的成长。你长得越高，视野就越大，自然就能发现更多的机会。长得越高，你的能见度也就越高，机会发现你的可能性也就越大。那时候，才是你再选择的最佳良机。

我们生气发怒，是遇到问题时思维偏向极端，想解决问题又找不到解决的方法。不少夫妻的离异，父子的反目，朋友的敌对，都是因为一时思维的极端造成。生气和发怒能解决的问题都不是问题，真正的问题需要心平气和才能化解。要防止思维的极端，平时我们必须多练习开放地看世界，开明地看自己，辩证地待他人。

我们必须面对的这个世界已经很复杂，干吗不让自己简单点，别因为自己的存在，将这个世界弄得更复杂。活成一泓清水有什么不好，你一泓，我一泓，他一泓，这个浑浊的世界岂不会清澈许多？

常有天南地北的微博微信好友问我这样那样的生活和人生问题，好像我就是个应有皆有的答案机。我能够回答的，都倾其所有地回答了，绝不藏着掖着；回答不了，就老老实实告诉人家，请他们去另询高明。数年下来，大凡我能回答的问题都已经答过了，并且已将这些答案结集成书，若有人再要问我问题，就去看书好了。

# 如果鸡蛋和石头遭遇

　　我曾经孜孜以求改变身边人，满怀激情地去改变世界，结果不仅无功而返，而且将自己弄得灰头土脸伤痕累累。尽管如此，我还是很不服气，继续这种自以为伟大的使命。直到有一天，我偶然瞥了一眼自己的内心，仿佛一道闪电照破夜空，犹如一声炸雷将我惊醒：原来我很渺小，唯一能做的就是改变自己。

　　如果有人骂你道德品质败坏，你会不会生气？一般来说肯定会。生气之后，不要急于辩解，更不要以牙还牙，而是要反省一下自己，看看自己是不是有过道德败坏的心行。如果有，你要感谢骂你的人，人家给你当头棒喝，是在加持你；如果没有，你也要感谢，这是上天派这个人来考验你的。

　　嫉妒别人比你好，笑话别人比你差，当面跟人家争强斗狠，背后论人家是非短长，都是因为一个人的心量不大。心量不大的人往往活得萎缩局促，心气不平，他们的人生怎么也难以活出开阔。人要活得大气磅礴，妥贴安详，就一定要设法不断扩展自己的心量。怎么扩大心量？一是练习善良悲悯，二是学会爱和奉献。

凡人做到一心不乱，实在太难了。说了这句感慨，有人可能要对号入座了，没错，这一次我说的就是自己。像我这样的凡人，怎么能不被外境袭扰呢？有时候，我的心就是一棵树，风一起，就不由自主地摇曳。所以啊，我平常尽量躲着风，可是，树注定是躲不掉风的，除非将自己练成一块顽石。

慌不择路，往往会走错路；口不择言，难免会说错话。走错的路可以回来，重新再走；说错的话犹如覆水，想收都难。路不乱走，慢点就慢点，别南辕北辙就好；话不乱说，木讷就木讷点，别祸从口出就行。

鸡蛋和石头遭遇，发生了争执，各不相让。最终升级到大打出手，结果，蛋碎了，石头被蛋清蛋白弄脏了。有人称蛋勇敢，有人赞石头硬气，不知道碎了的鸡蛋和惹一身脏的石头，它们各自会怎么想。

窗外，夜雨淅淅沥沥，潮湿了深冬的梦。希望正好发芽，理想就要开花，生命里春光明媚，灵魂里蝶舞蜂飞。我依然不老的思想，穿行在天空大地之间，散发着青春的能量。夜晚，是早晨的前奏，晚安是为了曙光中的前行。

# 世上没有那么多的道理可讲

　　世上没有那么多的道理可讲，人活着，各有各的难处，偶尔地不讲理实在情有可原。人家为了活得稍稍好一点，拿些你有余的东西，不管有没有道理，也不管人家跟不跟你打招呼，都没有必要去计较。你既有余，人家有缺，劫你点余，等于你为人家济了缺，无损于己，又有益于人，何必非要讲什么道理呢？

　　有人问我：韩信当年受胯下之辱算不算有失尊严？我说不算。韩信的身体从他人胯下钻过去，那是识时务；心却没有，那是自己看得起自己。有抱负的人行走世上会遇到这样那样的凶险，形势所迫，弯一下腰，低一下头，避过凶险，这不是懦弱，而是勇敢，只要他们的心依然挺直，依然高昂，就尊严不失，雄气常在。

　　对善玩机巧的人，要用机智对待。在机智面前，任何机巧都会失去功用。对实诚的人，要用诚实对待。让实诚的人吃亏，给自己带来的一定是心亏。人什么都可以亏，但不能亏心。不做亏心事，不怕鬼敲门；做了亏心事，鬼必来敲门。机智的人没有惶恐；亏心的人，永远不安。

善巧方便是一种大智慧，你懂得善巧方便，生活便顺风顺水，人生就日朗风清。早晨的鸟鸣、日出和珠露，无不是造化的善巧方便，自然因其和谐，宇宙因其永恒，众生因其活着，多好！

以真诚之心待人，以责任之心做事，以无愧之心律己，乃是处世正道。道正，行则不歪，心则不邪，天必助之，神必佑之，人必敬之。久而久之，人亦会以诚待我，事亦会因我而功。

不要放大自己的缺点，也不要掩藏自己的优点,这样你会自信一些。不要害怕面对内心的龌龊，也不要忽视对内心美好的赞美，这样你会对自己客观一些。拥有自信，做到客观，人生就已经像模像样，若有余力再稍事打磨，成为精品绝品，或许并不是一种奢望。

我们以为自己淡定，其实内心狂躁；我们以为自己合群，其实非常另类；我们以为自己成功，其实已经失败；我们以为自己高尚，其实灵魂龌龊。因为这无数个以为，遮蔽了内省的目光，我们常常误读自己；因为这无数个以为，扰乱了向外的视线，我们总是难以善待别人。

# 看起来很成功的人，也许非常失败

　　为一己做事，永远做不成大事；为一己谋利，得到的一定只是蝇头小利。人只有胸怀大家，为大家做事，才能获得大家的支持，有了大家的支持，再小的事都能做成大事。人的眼里有苍生，发心为苍生谋利，大利才会追着你跑。

　　看起来很成功的人，也许非常失败。衡量一个人的成功和失败，不要看外在赋予了他什么，而要看他的内心是否安妥。内心惶恐的成功，其实是失败；内心安详的失败，恰恰是成功。

　　许多人看似败在最后半步，其实早就败了。人生的悲哀之一，就是有人愿意分享你的成功，却无人愿意陪着你一起奋斗。成王败寇，丛林法则，江湖哲学。谁不在江湖？谁又能逃出丛林？

　　每个人都在以不同的方式劳动，世界上根本没有不劳而获这回事。不同的是，有人热爱劳动，有人厌恶劳动，有人以劳动为快乐，有人为劳动而痛苦。一个人最大的幸运，就是拥有自己喜欢的劳动方式。我以码字的方式劳动，这是我热爱的劳动方式，所以乐此不疲，再苦再累都心存感恩。

一只蚂蚁，不好好为自己筑巢，偏要操整个大自然的心，岂不是笑话？问题是，现在的人都太精明，极少有人愿意做这样的蚂蚁。

不曾经历失败的人，不会理解什么是真正的成功，世上没有人生的常胜将军。一个人只有体味过失败的苦涩，才能真正品尝到成功的甜美。

成功了为什么不可以骄傲一把？失败了为什么不可以哭？成功者装低调，失败者装笑脸，这一装，除了累啥也没有。

生存需要尚未满足时，我是一个利己主义者，不能自利，何以利他？生存需要已经满足时，我应该成为一个利他主义者，一心利己，不知利他，活着岂不少了意趣？

# 其实造化一直都在善待你

什么书才算好书？抚慰人类心灵的书就是好书，启发人类正向思考的书就是好书，帮助人类提高生活质量，提升幸福指数的书就是好书。当下中国年度好书榜有几个遵循了上述起码原则呢？好书应该由广大读者而非仅仅由专家学者和媒体来评。

你做的事，只有极少数人才能做，这是上天垂爱你，你别不识好歹，一定要尽心尽力去做。你做的事，如果大多数人都能做，并且许多人做得比你好，假如不是为了谋生，你一定要懂得放弃，放弃了，你才能腾出手来做更适合自己的事情。

别总是吊在一棵树上，你吊死了，树还是树，不会为你洒一滴泪。也别总是这山望那山高，真的到了喜马拉雅，你也可能死得更快。这是最浅显的哲学，别说你不懂！

人所处的境遇，大半由自己选择，小半是他人原因，全部由因果决定。种下何因，必结何果，没有例外，不存侥幸。

最真实的做人，是做给自己看。外人是否理解，或臧或否，实际上没那么重要。有句话叫问心无愧，做人做事，无愧己心，就是最大的成功。

没有人能够代替你活，没有人能够代替你死，也没有人能够代替你爱恨情仇。那么你又为什么要活在别人的看法里？做好你自己就好，别人怎么看你，那是别人的事，本质上对你无所扬，也无所抑。

当过往变成回忆，你才发现，其实造化一直都在善待你。

有人问我每天码字辛苦不辛苦，我说，人生到这个世界上，都要以自己的专长为这个世界服务，我也不例外。除了码字，我没有别的专长，唯有用码字来服务这个世界，所以，每天码字对我来说是一份必尽的责任，不辛苦要码，辛苦也要码。

因为碰了很多壁，便在壁前点盏小灯，为后来者照个亮；因为走了许多弯路，便在可走可不走的弯路边插个标，给后面的人提个醒。愿我码的每一个字都是这样一盏小灯，我写的每一本书都是这样一个路标。

我这人一无所有，一无是处，能拿出来奉献给这个世界的，也就这点东西。出家人提倡布施，我没有什么可以布施，如果拿出来的这点东西也算布施，那我就快乐地布施了。

我经历过悬崖，摔得好痛，我的体悟就是一个路标，告诉人们前面是悬崖，你可以信我，也可以选择自己去摔一次。

# 有缘的人迟早相遇

一切与我相关的人，我都希望他们无一例外地吉祥、快乐和幸福，倘若他们遭遇不顺，心生不快，缺少幸福感，都有我的一份责任。我的存在，只有让一切和我有缘的人灵魂无忧无虑，才是我这一生活着的价值所在。一个人如果不能为与之相关的人带去福报，不能涵养他们的心灵，就是人生的最大失责。

人与人之间相爱相容，相互怜惜、帮助、欣赏，都是善意，传递的总是感动的能量。这个世界需要感动，多一分善意，就多一分感动；多一分感动，就多一分愉悦。普天之下，没有几个人真正热衷于忧愁，倒是愉悦更被人类所需要。

人家能给你一分薄面，点滴帮助，那是要很深的缘分的，为了这个缘分，若有机会，你就要给人家十分的回报。回报的方式多种多样，可以是一句出于肺腑的问候，可以是一个发自内心的微笑，甚至是一个充满善意的眼神。一切来自内心的真诚都带有无限的正能量，给人正能量，才是世间最大的回报。

我跟一位搞艺术的朋友说，同行之间要多切磋，少腹诽，你的长处别人没有，人家的长处你也可能学都学不到。既然各有长短，何必相互瞧不起呢？人前不说同行的坏话，人后不论同行的是非，才是正道。既做同行，也是缘分，相互之间应取长补短，彼此激励，惺惺相惜，共同守护行业形象。

事业上要展示个性，绝不能随波逐流；生活中最好没有棱角，要懒于争高比低。是你的朋友，心里一定搁着你；攀来的缘分，注定不长久。利用你的人，用过了就当你是空气；在乎你的人，总是在你需要的时候就出现。有缘的人迟早相遇，无缘的人终会相离。聚，欢喜；散，亦欢喜。

有缘的人赶不走，无缘的人留不住。随缘是对自己的放过，逆缘对他人是一种困扰。

一个人与你有缘，迟早要相遇；一个人与你无缘，老死不相往来。缘分来了，不管是什么样的缘，你都要欢喜接受。是善缘就让善缘增加，是恶缘就设法让恶缘化掉。善缘是机会，恶缘也是机会，善用了这个机会，你的修为就会在不自不觉中精进。一个人要成就自己，既要善缘相助，也离不开恶缘砥砺。

# 与人相处，牢记这九句话

　　人和人之间不要贴得太近，心和心之间贵在相通。贴得太近，彼此就少了腾挪的空间，活着活着就活窄了。心通了，彼此生命的格局就大了，离得再远，也能相互感应。

　　你用几分真诚对人，别人回报你的真诚就有几分，不管这个说法对不对，请先相信它，这样你和他人相处时就会多一分坦然，少一分惶惑。你付出的真诚得不到相应的回报，又怎么样呢？至少，因为你的真诚，这个世界少了一分虚伪；至少，你的人生中少了一份虚伪。至少，你收获了一分生命的坦然。

　　不欠别人，也不欠自己，人就这一辈子，欠谁的都要还，不然你下辈子都不得安宁。这辈子不结怨亲债主，下辈子才得云淡风轻。善念升起来，善意投出去，然后一心走路，遇风御风，遇雨驾雨，风雨之上，日月长虹。

人与人之间，没有沟通，就没有理解，没有理解，就达不成共识。人与人之间，没有沟通，就没有机会，机会来自信息，没有沟通，信息就闭塞。

再平凡的长辈，也有值得晚辈借鉴的人生经验。年轻人再有知识，也不要轻易忽略与过来人分享人生经验的机会。

让你身疲的人和事，犹可承受；令你心慌的事和人，趁早远离。既然人都是死是一个人死，那么活为什么一定要为别人活？活，要和让你心灵安妥的人在一起，不要跟老是令你心悸不安的人在一起。

与人相处，多实诚，少虚伪。实诚人看似愚钝，其实大智慧；虚伪者表面很聪明，实际真痴傻。世上有两双眼，一是人眼，二是天眼，人在做，天在看。人眼看不清，天眼看得明。

人家阻碍你，没什么不好，你可以借此练习忍让；人家压制你，没什么不好，你可以借此锻炼耐力。能忍让，有耐力，你才是世上最强大的人。和你作对的人，或许正是上天派来成就你的人，别恨他们，要怜悯感恩他们，因为要和你作对，他们不自觉地耽误了自己该做的事情，耗费了属于自己的宝贵时光。

不妨把阻碍当动力，你挡我一条路，我绕过去，世上的路千万条，哪里有合适我的路，我就往哪走，犯不着跟你较劲。你想压制我，我会更加努力发挥自身的优点，更不忘检点自己的缺点，这样我会变压力为动力。

# 珍惜这一生需要你的人

阳光照亮了早晨,有人欢喜,感恩阳光驱走了黑暗;也有人不高兴,诅咒阳光干扰了睡眠。这就是事情本来的样子,阳光如果在乎,是不是也会手足无措?事实是,阳光还是继续走自己的路,因为她确信自己顺应了大多数人的需要。

不要试图做谁的榜样,不要想着自己能够影响谁,否则你就执着了,你一执着,不仅自己不得轻松,而且让别人累得慌,这又何必呢!各人的路自己走,各人的德行自己修,你在乎的人,也许根本就不在意你,你又能做谁的榜样,你又能影响谁?生活是一件花力气的事,人生是一件花力气的事,你这一生的力气原本就有限,千万别用在和自己不相干的事情上。吃自己的饭,操人家的心,就是力气花错了地方,各人操好自己的心,天下就万事大吉了。

别跟不相干的人置气,气死了不划算;要为那些需要你的人活着,活得再累也有意思。我们的命只有一条,这生很短，几万个日子说过就过了；来生很远，一场梦的距离有多长谁知道呢？你这点时间还不够应付需要的人，哪还能分给不相干的人。

倘若错过了今生，这一生需要你的人，来生不一定就需要你。

人来这个世界上，不是为了吃喝拉撒，就像汽车在这个世上存在，不是为了喝汽油排尾气。人为吃喝拉撒而活，汽车为喝油放气而生，你认为有意思吗？人活着，说到底是为心灵活着，人一生最有意思的事，就是寻找那些与自己心灵相似的人，然后相携而行，前往另一个生命历程。人生短暂，永恒的生命由心灵获得。

行走红尘之中，活在时间之外。人生就是一次打坐，一片风景，一回冥思，一程欢喜。

我们的一生，只有两种动作可做，一是规定动作，一是自选动作。做好规定动作，我们才能活着。是否活得自在，就看你的自选动作做得怎么样。

不能不在乎别人的看法，也不能太在乎别人的看法，你可以尊重别人的看法，但不可以活在别人的看法里。你怎么活，是你自己的事情，别人要有看法那是别人的事情，只要不影响别人，你就完全可以活在自己喜欢的活法里。正因为太在乎别人的看法，我们才越活越远离生活的本意，越活越失去自己。

这是个无常的世界，有美好有龃龉，有和美有纷争。所以没什么好激动，也没什么好生气的。善缘也好逆缘也罢，为我所用，被我所化，都是我取之不尽、用之不竭的生命资粮。

# 和投缘的人一起做随缘的事

　　最大的幸福是心里不挂事，不挂，心就通透；不挂，心就没有牵扯。人都是被事所牵的动物，心里挂事乃与生俱来的习气，如何能改？答案是很难改，但只要真下功夫，也能改。功夫下在何处？还是下在心上。对人而言，再大的事，分摊到一生中，其实都不是个事；再大的事，跟生老病死相比，那都不叫个事。既然如此，挂有何益？

　　有目标，有努力，有着落，有欢喜，说明你活得很正面，无负这个世界，也无负你自己。人生，能这个样子，原本也不错。

　　世上最大的幸福，就是内心的单纯。如若一个人能够获得片刻的真正内心单纯，那他就一定是幸福的人，不管何种际遇都不能夺走这种幸福。

　　和投缘的人一起做随缘的事，这是人生的一大快乐。在

为人处世篇

山林里，在云海中，在红尘中，也在方外。活出自己的性情，就是最好的活，就是最有意思、最有意义的活。除了生存，你不被强迫做任何事，就很幸福。

不要说你吃了多少苦，而要说你在吃苦中吃出了多少快乐；不要说你多么多么成功，而要说你有多少多少失败的教训。这个世界是由偶然和必然组成的，快乐是偶然，吃苦是必然；失败是必然，成功是偶然。偶然之中有必然，必然之中有偶然，不怕说的人说偏了，就怕听的人听偏了。

心里越安静，身体越轻松，就这样站在早晨的阳台上，放松自己，无思无想，不喜不怒，任由一种静，从内心到身体，再从体内到身外，一直弥漫到无限的时间和空间里。世界如同一片清澈的静水，宇宙一片光明，旭日从独立的光体，渐渐融入这片光明里，那个我瞬间不存在了，变成了光的一部分。

看似在成长，实际在退化；看似有改进，其实是掩饰。回想我这半生，做的那些似乎正确的事，原本从一开始就做错了。和十八九岁时候相比，我的心智看似进步了，其实一直在原地踏步。譬如我的坏脾气，看似改掉了，实际上只不过藏起来了，拿出来照样一点就着。

到来即是过去，人生的苦乐，尽在当下的悲喜。心若无处安放，你拥有的房子再多，还是飘零。人世间，虽万家灯火，流浪的心灵同样无数。心有归处，这世上何处不是家园？

又是新的一天，活着就很美好，认真地活好属于自己的每一天，就是一个人最大的修行，修行不一定非要去深山老林，在通衢街市也一样。就算你修成了仁慈的菩萨，也不要丢弃霹雳手段，这世上不都是佛，也有魔。

# 让你累的人，要设法敬而远之

　　心中有朝霞，便没有人能够阻挡你的灿烂；旭日在灵魂里，所有的风雨都丝毫不影响你的晴朗。因为生命充满了正能量，你就不再惧怕任何负能量。将快乐的晨歌写满精神的天空，再大的痛苦也会在你的生活中归零。

　　愤怒使我们不安，嫉妒使我们不安，贪欲使我们不安。因为不安，我们没有一刻的快乐和幸福；因为不安，我们陷入持久的烦恼和痛苦。

　　要消除不安，就要平和自己的心境，随喜他人的欢喜，减少内心的贪欲。远离不安，你的生命才能安妥，你的人生才可安详，你的生活才会安好。

　　心浮气躁，是欲望太多，对治的方法，就是节欲。宝塔尖上永远只有几个人，如果概率太小，还是不要老想着宝塔尖上的好。

跳一跳可以摘的桃子，你没有理由放弃；如果桃子太高，明知摘不到，还非要去摘，轻则吃力不讨好，重则招惹祸端。

做事不用心，事必难工；做人不用心，必不周到。就连交友，若不用心，所交之友，也必泛泛。将心比心，以心换心，才能心心相印，善作善成，善结善缘，善始善终。

纯洁的心灵，犹如一塘毫无杂质的清水。心灵纯洁的人，看得清宇宙人生的纹理，仿佛清澈的静水可以映照日月。孔子所说的洁静精微，意思大抵指此。

雅得起来，却不孤高；俗可到底，但守底线，这是我崇尚的做人方式。雅得不食人间烟火，俗得没皮没脸，都太偏太过，走的是极端路线，活得都不会轻松。譬如修行，不能老是闭在深山，也不能总是耽于红尘，要深山修一半，红尘修一半，才有可能明心见性。我这人一半雅，一半俗，为的就是活得真实。

好歹就这一世，左右都是一生。你要干吗，你能干吗呢？

无所谓也是一种态度。让你累的人，要设法敬而远之。

# 与人交往，随缘而不要攀缘

　　一百个人有一百种心思，你不可能全部读懂每一个人。虽然世上原本就没有两个人的心思是完全重叠的，但相互间可能有交集，你读懂交集部分就足够了。有些人投缘，是因为彼此的心思有交集；有些人无缘，是这个交集在他们之间根本不存在。与人交往，随缘但不要攀缘，攀来的缘，一定不是缘，早晚会变成冤。

　　每一个清晨都值得拥有，许多人却放弃了；每一轮旭日都值得珍藏，许多人却错过了。放弃的理由很简单，睡不饱；错过的原因很实在，起不来。想想也难怪，在这个被速度追赶的年代，习惯了白天和黑夜颠倒的生活，许多美好不容你不放弃，许多机缘不容你不错失。没有清晨和旭日的人生，幸福吗？

　　与世无争，随遇而安，于我而言，是一种处世方式，而不是生命哲学。用这种看似消极的处世方式，换取生命的积极进取，是一种智慧的选择。我说过，人生不过是灵魂的通道，生命借由这个通道走向更高层次。生在世间，行进在生命的通道里，与世无争，随遇而安，可以最大限度地减少前进的障碍。

世间事，少了助缘，再好也难，人之一生，好事，再难也要坚持，因为有意义。

一个俗人，坚持以出世的精神做入世的事业，要大抱负，大胸怀，大无私，大无畏，要比庙里的高僧大师更有定力，更加慈悲，更高智慧，否则很难做成事业，因为他面临的诱惑，遭遇的困难，比高僧大师多得多。

发心做一件事情，只要不是从自私自利出发，有益于大众，这件事迟早会得到有缘人的理解和支持，也一定会离预想的结果越来越近。即使被一些人误会，被一些人诟病和讥诮，甚至受到一时的阻碍，也没有关系。世上没有一件事情能够被所有的人接受，譬如修行，你不要在乎有人说什么，日有精进就好。

# 善待身边的每个人

　　当你觉得全世界都对不起你的时候，当你觉得全世界都欠你的时候，事实可能恰恰相反。别人在你眼里一无是处的时候，该反省的可能是你；你将人家说得不堪的时候，往往不堪的是你。这是一个辩证的世界，正常人都不缺辩证思维。真正的智者都是内省的榜样，总是多看别人优点，绝不放过自身缺点。

　　做人做事，对得起自己的良心，就已足够，至于别人怎么看，那是别人的事情，你管不了，也不用管。良心是自己的关，过不过得去，不仅自己知道，天地一样知道。欺得了别人，骗不了天地，也过不了自己的良心关。

　　在人世间，你所遭遇的一切，都有因果。好的环境，要珍惜感恩，继续培植善因；不好的境遇，首先要欢喜承受，随遇而安，然后抓住一切种善修行的机会，为自己培福增慧，久而久之，这种不好的境遇，就会自然而然往好的方向改变。每天早晨醒来，给自己这样的提醒和信心，人生就有了方向，生命就能够精进，生活就不缺情趣，日子就一定自在。

有些事，我们努力过就行，至于结果，我只有一半的决定权，另一半不在我。因此，一件事成也好，不成也好，都无须过分执着。对自己不能全部把握的事情，面对无论什么结果，你都心安理得，不后悔，就够了。身不由己，心可由己。无挂碍，就是解脱。

冷湿的世界里，要有一颗温热的心；阴郁的天气里，要有一片晴朗的灵魂。

永远心存善意，善待身边的每个人。点亮自己的同时，愿意被他人借光，你就是一颗小太阳，可以跟旭日媲美，可以和朝霞一样灿烂。人生在世，我们有责任成就自己，也有义务帮助周围的人成就。

雨夜，沏一壶茶，读一本关于早晨的书，不经意中，你的心中就升起来一轮旭日，你的生命里已朝霞灿烂，你的生活就有了无限的诗意。

为人处世篇

# 识心察人其实非常简单

　　朋友在电话中跟我说，某大师要来，问我是否找机会拜见。我说，人家是大师，我是草民，不是说拜见就能拜见到的，这个要看缘分。有缘见就见了，没缘见找机会也是白找，这就叫定数。再说，我向来认为，大师亲近草民，那是佳话；草民非见大师，那是攀缘。

　　不拒善缘，不去攀缘；若是有缘，迟早结缘；注定无缘，攀也无益。记住这几句话，按照这几句话去处事做人，你这一生就能不惶恐，得安详。

　　真心助缘的人，说做就做，行动大于语言；假意随喜的人，夸夸其谈，只见打雷不见下雨。识心察人其实非常简单，没有有心人说的那样复杂。

　　不逞英雄，不当狗熊，安分守己，做个常人，人人如此，世界大同。

大海不欺小溪，所以能成广阔；高山不弃深谷，故而愈显其高。大师能亲后学，才是真正的大师。

与我相关，也与我无关，我的第一要务，是必须知道自己几斤几两。分量足够，无关的都有关；分量不足，有关的也无关。我不看我，我看世道，世道看明白了，我自然就明白了。但不管几斤几两，遇到善美之事，有关无关都要尽力而为。

不懂随缘的人不足交，自以为是的人须慎交，目空一切的人应远离。随缘的永远是大多数，逆缘的人其实只有一小撮，因此平和永远是世界的主调。

有所图，必有所苦；有所苦，必有所累。顺其自然，无所图者，方能拥有自在人生。

# 给年轻人的十条建议

　　作为社会和家庭的一分子，人遇事不能只站在自己的角度想问题，最起码要做到三七开：七分想自己，三分想别人。如果有一天，你遇到事情能够七分想别人，三分想自己，人生便没有过不去的坎了。

　　一个人能娶（嫁）到脾气不那么坏的另一半，那是运气，要懂得珍惜呵护，要学会经营。另一半是要和自己过一辈子的人，不是不得已绝不要离婚，除非你遇到的另一半是脾气极坏、不可理喻的人。

　　对待长辈要保持初心，轻易不要与其产生裂痕，一定不要介入其个人生活，特别是情感生活，因为长辈不会跟你生活一辈子，他们只是伴你一程的人。长辈有长辈的生活方式，多看其正面，体谅其负面，这个负面也许只是你以为的。

　　在做任何决定之前，先深呼吸，平静三分钟。不要在气头上做任何决定，所有的决定都要在绝对冷静的情况下才可作出，不可以任性，不要做后悔的事情。

学会理解家人，学会家庭分担。发挥好家庭主角的作用。一个家庭主角，要懂得平衡，要能够隐忍，要做到包容。男子汉必须顶天立地，这是不能推卸的责任。

我从不敢轻易批评别人，偶尔犯了批评人的毛病，事后都会非常自责。在很多时候，我们批评别人，实际上是在批评自己，因为我们从不比被自己批评的对象做得更好。与其批评人，不如影响人，给人正向的影响，实际上是最有力、最能见效的批评。

评判他人能是非分明，涉及自己就好坏不分，人最大的毛病，是不能客观看自己。

人没分量，说的话就没分量，说了不如不说。人有分量，说的话就有分量，说或不说分量都在那里。

青菜豆腐保平安，荣华富贵也很好。遇什么日子就过什么日子，看似消极，其实积极，这叫做积极地适应。

生活要有滋味，太寡淡了，又为什么要生一回，活一遭呢？不是非要山珍海味才算滋味，菜根豆腐一样也有滋味。

# 品格修养篇

# 简单的人往往是高人

为人一世，多做善事，少做恶事。做善事，看似利他，实则益己，所谓好人好自己。善是最好的养生，既养这辈子，又养下一生。做恶事，意在害人，最终害己，所谓坏人坏自己。恶事不仅害生，而且害命，害了这一世，殃及下一世。积德之家必有余庆，作恶之人必伤子孙。

在复杂的人世间做个简单的人，就是高人；在五花八门的世界里，能保持一份纯洁的人，就是高人。高人之所以稀有殊胜，原因即在此。

不做难以实现的计划，生活和工作最好的状态是按部就班。不能实现的计划是空中云彩，看得见够不着，这样的计划再宏大，也不如按部就班那样实在。一桌家常饭，或许不中看，但实在很中用。

所有的人最终都会被时间打败。所谓成功都是相对并且

品格修养篇

无常的。只有失败才是生命注定接受的结局。

痛苦多因对成功的热衷，快乐多因对失败的坦然。成功学都是骗人的，唯有失败学才是最实用的。

失败不是成功之母，它只是成功的安慰剂。承认失败的无可避免，在走向失败的途中笑口常开，才是生命的真意所在。

做不了小人，也当不了君子。小人和君子，其实都不好当。空腹看花，饱腹看呆。

有人喜欢清淡，有人就是重口味，这是各自的口福，都必须尊重。

我们的行止闻见，都是当下的唯一。正如西哲所言：人不能同时踏进同一条河流。

在我们短暂又漫长的一生中，所有的日子看似重复，实际上没有一分一秒相同。努力照耀自己和周边，一个人有了学习太阳的动机，生发了照耀自己和周边的理想，他的精神便是阳光的，活着就有方向和劲头。别一天到晚提不起精神，其实你没病，只是缺少阳光的给养。

珍惜已有的获得，累积未来的福报。我的最大心愿，是倡导人类自我教育；我的一切努力，都是为了这个倡导而千方百计影响有影响力的人。

# 做人的五大基石

　　天亮，是早晨的本分；升起，是旭日的本分；灿烂，是朝霞的本分，一切伟大的事物，都在默默地尽着自己的本分。孝道，是做人的本分，仁爱是处世的本分，认真是做事的本分，我们如果没有尽到自己的本分，就应该以一切伟大的事物为师，学习如何去尽自己的本分。

　　最聪明的人，往往容易被最简单的问题难倒。所以做聪明人没有意思，要做就做智慧的人。在智者眼里，世上的问题没有简单和复杂之别，他们用超越问题的方法解决问题，所以不存在被问题难倒。

　　拼命找生活的光明面，是为了日子过得有些亮色。人生原本就是摸黑走路，能看到光也是一种生命的本领。随喜他人，快乐自己；助缘他人，成就自己。随喜是一种心境，助缘是一种方便，就看你要不要这个心境，行不行这个方便。

每个人都不容易，多一点理解，这个世界就会安详一些。人与人之间的误会，有许多是因为说话产生的。说出的话不能准确完整地表情达意，轻者对方听不明白，重者将意思听反，误解便在所难免。倘若一个人的语言表达能力欠缺，在与人交往时，少说话是最明智的选择。你不说话，人家不会当你是哑巴；你乱说话，人家就会当你是疯子。

诚实、守信、友善、勤劳、舍得，是做人的五大基石，基石不牢，托不起人生的大厦。

一个人可以不优秀，但不能以为自己天生就无缘优秀，也不能笃定自己就一定会优秀。人要客观地看待自己，定位自己，开发自己，不浪费潜能，也不高估自己的潜能，将潜能最大限度地发掘出来就足够了。

为人要讲义气，但不能意气用事。义气者眼里有他人，意气者心中只有自己。养成自己的善良仁爱之心，不是为了他人，而是为了成就自己。善行天下，则处处都是我的天下；爱满人间，则处处都是我的天堂。

有些人绝顶聪明，最终被嫉妒心烧死了；有些人天性愚钝，却被包容心成就了。

# 真文人都有一把剑，真侠客都有一支笔

真文人都有一把剑，真侠客都有一支笔。有琴心没有剑胆，写不出惊世雄文；有豪气没有柔情，算不得道义英雄。纵观天下，拿笔的多如牛毛，却真文人绝迹；仗剑的如过江之鲫，问真侠客安在？别拿环境说话，你是金子在哪里都会发光；你是稻草，烧得再旺留下的也不过一捧灰。

向内的探寻，并非对外在现实的逃避，而是为了更深刻地理解外部世界。内心的深度决定世界的广度，认识世界首先要了解自己。

活着不难，活得真实不易。留不住的偏要留，追不到的还要追。想的是大开大合，做的却小里小气；梦想中气吞山河，现实里却畏畏缩缩。既要蓝天白云的悠闲，又按捺不住滔天的欲望；喜欢生命的纯粹，又迷恋红尘的诱惑。拎不起，也放不下，时光在摇摆中虚耗，人生在纠结中蹉跎。

　　心乱则事乱，只有当下按住自己纷乱的心，才能从容应付手头的每一件事情。修行其实从来就不需要刻意的，以一颗清净之心做手头的每一件事情，就是修行。道也无须刻意去悟，道就在你做事的每一个细节当中，做着做着道就出现了，你赶也赶不走。悟道就这么容易，悟道的过程就是理心的过程，就是做事的过程。

　　在向善的路上永不回头，不是固执而是潇洒。向善是对恶的远离，让曾经被恶念缠绕的内心变得干净清澈。在向善的路上左顾右盼，内心的恶念就永远不能摆脱，想潇洒又怎么潇洒得起来？本就是肉体凡胎，不历经累生累世的修炼，何以能得向善的机缘？别回头，别让生命潇洒变成十方的嘲笑！

# 合则多往来，不合则相忘

每个人都有自己的做人处世底线，我的底线是：对弱者不欺负，临强者不惧怕；待位卑者以平等，对位高者不恭维。遇逆境不气馁，在顺境不忘本；失意时不自卑，得意时不自大。

身处欲望滔天的世界，很少有人做到真正的宁静与淡泊。面对层出不穷的诱惑，尚能保持一颗如如不动的心，除非你是菩萨。因此，生活中时常有一些慌乱，有一些纠结，有一些旁逸斜出，有一些惆怅迷茫都是再正常不过的事情。找一种寄托，求一份心安，不让自己陷落深堕，一个人若还有这样的自觉，就很了不起。

与人相处不能把客气当福气，人家对你客气，那是给你脸面，你不能蹬鼻子上脸；人家低调，不等于没调，你要是将调子拉得太高，没调的便是你了。替人做事可以不图回

品格修养篇

报，但付出汗水不能同时搭上尊严。尊严是无价的，但不能在你心中没有价，无价不等于没有价。智者处世有所为有所不为，有所不取有所必取。

我希望自己的文字对你有用，或让你会心一笑，或令你开心愉悦，或给你某种触动。朋友，这个世界有时候明亮俊朗，有时候也难免孤寂沉闷，我没有别的本事，唯一能做的就是以自己笨拙的文字，和一颗向善之心与这个世界共忧喜。若觉得这些文字没用，你就当作消遣；若感到还稍微有用，请一定不吝反馈我。

一个天才和一个庸才同时追一美女，美女最后选择庸才做丈夫，选择天才做朋友。天才很不理解，就去找一位智者解惑。智者说，这有什么不好理解？天才加美女，那是佳话，因此稀有；庸才加美女，才是柴米夫妻，那是生活。美女要美下去，靠才子是靠不住的，只有庸才愿意供她。

缘分未熟，当面不识；缘分到了，天涯咫尺。十方世界，无非一缘；缘来不拒，缘去不追。因缘际会，累世修为；缘有缘空，随缘就好。

尊重他人在先，他人待我以正以偏，那是人家的事情，与我没有太大的关系，合则多往来，不合则相忘。

我说的话你都会说，我讲的理你都会讲。其实我的话是说给五百年后的自己听的，我的理是给五百年后的自己讲的。五百年，也或许是一千年，我还会来这个世界也未可知。这一世我记性不好，把想说的话想讲的理记录下来，是为了五百一千年后那一世的我方便温习。

# 有些朋友是心灵的兄弟姐妹

　　深山里有条小河，河里有块石头，这块石头是我的朋友。丰水季，它安静地没在水下；枯水季，它默默地露出水面。每年的这两个季节，我都会去看望它一次，和它隔水对话，我的心变得沉静；和它在风中交谈，我感觉自己也有了定力。在纷扰的人世间，幸亏有了这个石头朋友，我纷乱的心才有了短暂的安住。

　　兄弟姊妹，是父母的安排，他们怎么待你，是你的宿命，你该做的，就是以待父母之心待他们。朋友金兰，是你自己选择的，选什么人，不选什么人，由你做主，你握有全权，也负着全责。你的兄弟姊妹，不影响你生命的成色；你的朋友金兰，直接反映着你生活格局的大小，人生境界的高低。

　　面向前方时，我们无法看见身后，谁的后脑勺上都没有眼睛。能看到我们身后的，是他人的眼睛。为了让自己的身后安全，还是要多交朋友少树敌。

　　宽处想人，严处想己，做人就不狭窄，做事便能公心。宽以想人，何人不可交；严以想己，何事不能恕？

　　露水朋友，时间的风一吹就干；酒肉朋友，热闹的饭局一完就散。相互消遣的朋友，一忙就忘；彼此利用的朋友，用尽就淡。世上难得的是心灵相契的朋友，天天相处不厌，一日不见会想。

　　一切美好的都有唯一性，镜子打破了，那个圆就永远不复存在；朋友反目了，那种情就成逝去的流水。要么你一开始就不和他们发生交集，交集一旦发生，就必须小心呵护珍惜，不要轻易伤及他们的唯一性，唯一性犹如瓷器，碎了就彻底碎了。

　　遇到困难，别轻易向朋友开口，但可以向兄弟求助。世界上的兄弟有两种，一种是血缘兄弟，一种是心灵兄弟，后一种比前一种更可靠。有些朋友只是单纯的朋友，有些朋友却是心灵兄弟。

　　每个人都是潜在的朋友，每个人都是可能的对手，在这个无常的世界上，没有什么东西一成不变，包括人与人之间的关系。智者，不仅可以将潜在的朋友变成实在的朋友，也可以将可能的对手变成铁杆朋友。

　　真朋友分享你的快乐，假朋友嫉妒你的快乐。

# 茶要对味的，人要知心的

　　早起，专心听欢畅的鸟鸣，任旭日的光辉安静地洒在心的花园里，让当下的那份妥帖将新的一天开启。

　　借旭日烧一壶开水，用好水泡一壶好茶。爱和上善犹如杯中的牙尖，弥漫山魂水魄的味道，灵魂的香气随之洋溢，一缕正念从欢喜心里升起。这一刻的妙不可言，将我灿烂成朝霞晨露，下一刻，我一心走路；再下一刻，我一心书写，如常。

　　生活简单点，精神丰富点，日程不要太满，时间有点空闲，慢得下脚步看景，静得下心来品茶，这是我最喜欢的人生方式。人生三万多个日子，哪一个日子都是唯一，都值得细细品味。走马观花是一生，闲庭信步也是一生，看你是要那一种。

　　有些人天生与你相吸，有些人天生与你相斥；有些人这

品格修养篇

一世无法与你错开，有些人这辈子注定和你不相往来。再忙碌都别怠慢了与你相吸的人，再孤寂也不要跟与你相斥的人攀缘。用心照顾好这一世无法与你错开的人，别去操这辈子注定和你不相往来者的心。我用文字寻找灵魂相似的人，就是为了避开那些不相干的人。

收到一种特别的武夷山茶，茶如人，大气，有格局，有担当，人茶合一，人品即茶品，茶意即人意！

要酒壶，也要茶壶。喝酒，是为了让自己燃烧起来，不然所有的情都老了。品茶，可以温润尘飞的内心，使生活归于平静，给灵魂找一处不受袭扰的栖息地。

喝茶一辈子，有几人真正懂茶？绝大多数人都是不懂装懂，茶要最好的，却不知道要对味的；茶具要最贵的，却不知道要有品位的。

困难时找你拿主意，顺遂时将你忘得一干二净的人，要么是投机钻营的小聪明人，要么是你前世的债主。不管他们属于哪一种人，都是和你有因缘的人，这些人可以成就你的怜悯心和平常心，也是可以帮助你得道的人，倘若你是一个智者的话。

一杯清茶，两缕闲情，三世缘分。这年头，人和人之间能闲在一起喝杯闲茶不容易。

# 喝得开心的就是好茶

今晨江南有雾，潮潮冷冷的，有那么一点隐隐的雪意。在这样的早晨，烧一壶开水，家才有温度；点一轮朝阳，心才会敞亮。生活从一杯自己泡的茶开始，就不缺温暖；心灵伴随内生的旭日上路，便是阳光的征途。

好朋友犹如好茶，喝着有劲道。相约喝茶的人爽约，一起喝的反而是不经意碰上的。这，正是好茶的妙趣！有人和你投缘，也有人和你逆缘，这是人世间的本来面目。感恩带给你阳光和微笑的人，也要感谢那些泼你脏水的人，这些都是你成长中不可或缺的养分。

你能包容一切，一切就会心甘情愿地为你所用。喝茶，多么简单的一件事，可有人喜欢将简单的事情复杂化，不是这个世界有多复杂，而是做事的人不懂化简。复杂的事情简单化，不是他的能力有多大，而是有一颗简单且智慧的心。

　　放任了。放纵了。犯困了。梦觉香，翠峰寺里好茶一杯。茶，人，处处无意，处处机锋。

　　茶，与心灵相通，一如世上难得的是心灵相契的朋友，所谓心灵相契，就是天天相处不厌，一日不见会想。

　　有些人讲话云里雾里，你再好的性子，听多了也会烦。与其不耐烦地应付，不如有礼貌的远离。又到周末，放松自己一下，可以来一杯红酒，可以泡一杯红茶，让心灵放空，任时间空转。偶尔就这么任性一把，也是一次生命的修复，为什么不可以？

　　一个人很难被敌人打败，却很容易被所谓的朋友算计。如果两个人的心还很陌生，是不可能成为真正朋友的；彼此心灵相契的人，想不做好朋友都难。人如茶，茶只有相遇水才能活，人只有交上心才够朋友。

　　有一种茶，清新，悠远，喝了就忘不掉。好茶一如好友，喝了，清心明目，搁那，兀自芬芳。

# 一个人是否年轻，有时候与年龄无关

难怪窗外的鸟儿叫得那么青春，调子比梦想还高一点，旋律都是诗歌的味道，原来这是一个属于青年的日子。我打开心门，让收藏的旭日点亮朝霞，为这场青春的赛歌会璀璨舞台，我也想亮亮嗓子，看看那年的激情是否还在。他年的远方，如今的脚下，花儿在微曦的晨光中依然怒放，还有珠露里的容颜。

有的人未老先衰，有的人鹤发童心。一个人是否年轻，与年龄无关，要看他的生命中是否有青春能量。心中总有一轮旭日的人，他的生命就是早晨；灵魂中总有鸟语花香，他的人生就在春天。谁是你的旭日，谁是你的春天花园，谁就是岁月的精灵，谁就是青春能量，你拥有了，你就青春万岁。

透过车窗的减速玻璃，我看见道路在急速后退。这样的场景有点意思，我忽然明白了一个道理：前进和后退原来是同时发生的。一直以为，我们的老去是因为时间的流逝，其实这是错的，时间犹如道路，在我们成长的同时，它渐渐退去了。

我们正无可挽回地老去，那又怎么样呢？我不怕老，一个人经历老，其实是上天的垂爱，不是所有的人都能亲历自己的老。我不能接受的是老而无用，老而愚痴，老而不能觉悟。年轻时，我对这个世界贡献了；老去后，我也没有资格给这个世界添加负担。于我而言，老不是修行的结束，而是精进的开始，就这样。

青春散发着一种浓烈的芳香，即使你离青春已远，远到再也看不见她的踪迹，但那种芳香依旧隐隐跟随着你，让你在某种情境中不经意地被她迷醉。这就是青春的魔力，似酒如烟，容易让人上瘾，且一旦上瘾就永生无法戒掉，你不知道什么时候会犯瘾，会为之涕泪交加。即使我们已老，但青春从未离去。

和对的人在一起，时间过得特别快；和不对的人在一起，时间过得非常慢。

歇会儿，喝杯茶，聊个天，忘回机，也不错。

如果一生都处在成长之中，你又怎么会老去呢？成长原本无关年龄，而受心境影响。

# 一个男人是否富足，不要只盯他的口袋

　　赚钱靠本领和运气，花钱要智慧和慈悲心。会赚钱的人不一定会花钱，一个人如果不会花钱，干吗要辛辛苦苦去赚钱呢？能赚钱会花钱的人，才是人世间最幸福的人。要怎么样才会花钱呢？做两件事：开智慧；培养慈悲心。

　　没钱的人要去挣钱，对他们来说，钱就是人间烟火，没有不行。钱多到这辈子都花不完的人要懂得花钱，会花钱的人，将钱花在对后人的教育，花在社会慈善，花在提升人生的品质上，花着花着，可能就花成贵族；不会花钱的人，将钱花在了吃喝嫖赌上，最后都花成了叫花子。

　　年轻人需要挣钱，但不要一心想着挣大钱，锤炼自己也等于挣钱。挣大钱要机会，人生的锤炼也是机会，别做宅男，别怕碰壁，别怕丢面子，要争取主动，是机会就要抓，不要放跑任何属于自己的机会；没机会，就想方设法去创造机会。拥有的机会多了，你才有选择。

一个男人是否富足，不要只盯他的口袋，要看他的人格高度和精神深度；一个女人是否美丽，不要仅看她的容颜，更要看她气质度、勤勉度和包容度。

在金钱至上的社会，表达喜欢的最简单方式就是赞赏。没有赞赏行动的喜欢，绝不是真正发自内心的喜欢，只不过口头上的客气话而已。认识到这一点，你在任何时候都不会被别人的口头点赞冲昏头脑。

世间美好的事物，心灵独特的发现，油然而生的智慧，总是令人愉悦。每每有幸获得这种愉悦时，我都有与人分享的愿望，因为如果不被分享，这样的愉悦总是不够尽兴，无法畅快淋漓。将自己的愉悦拿出来与人分享，主观上是为了放大愉悦，客观上也可能愉悦了他人，是一件双赢甚至多赢的事情。

喜欢做的事，无须别人督促，自己抢着做。一个人如果有时间去做自己喜欢做的事情，久而久之都能做出点名堂来。

有钱是一种成功，但仅仅有钱，则是一种失败。

# 读一本好书，胜过拜一位名师

天南地北的我们，即使非常陌生，但灵魂可以相通，因为普照我们的是同一轮朝阳，灿烂我们的是同一片朝霞，我们的心率在晨风里同频共振，我们的微能量在呼吸中彼此交融。同一个世界，同一片蓝天，同一个早晨，我们正在共同谱写同一首生命的乐章，你我是独立的，其实又是一体的。

谈心灵不易，因为看不见，摸不着。谈语言，谈文字，就容易多了，人与人之间的交流离不开语言文字。众所周知，语言文字是心灵的反映，如果说，心灵是根，语言文字就是花叶。

读一本好书，胜过拜一位名师。名师是名师，好书是明师。

有的书越读越薄，有的书越读越厚。厚而复杂的书，读它的过程是化简，读者需要的就是化到最简的那点东西。薄而精简的书，读它的过程是填充，读者只有将自己的阅历融汇进去才能汲取其中的精华。书，厚有厚的道理，薄有薄的理由，一本书能够给不同读者带来不同收获的书，才堪称好书。

这辈子读书不少，但大都是走马观花，通读的并不多，精读的更少。我从不跟人家比读书的本数，记住的篇数，只读那些能引发我兴趣，感觉对自己有用的书、篇章和段落，那些跟我无关的书绝对不读，跟我八竿子打不着的文字，能一掠而过就不错了。读书是为了打开智慧通道，不是比谁书袋掉得多。

读书干什么？首要明理。有些人却越读书越不可理喻，错在人，还是过在书？不少号称读书人的人，书读了不少，理却不明半条，死搅蛮缠起来，乡里泼妇都要甘拜下风。这种人不读书也罢，若读书，你见着他们最好绕着走。

一首诗，一篇散文，一部小说，只要能撞击人的心灵，就算及格。倘若同时能带给人美的愉悦，就已经达到了良好的等次。除此之外，还能给人思想的启悟，改进人的精神状态，提升人的心灵情操和人生智慧，引领人们向上的情感，便堪称优秀。不是晦涩就深刻，猎奇就杰出，不故作高深便幼稚。

有的人活得很锋利，伤人也伤己；有的人活得很柔软，自利也利他。

生命的活力，在于相互的给予。在升腾的朝气中，我依然能够获得前行的力量，这就够了。

# 以旅游的心生活，脚下就是景区

　　早起，我打点行囊，为生计开始新一周的奔跑。虽在雨中，我的心照常晴朗，旭日的气息，朝霞的味道，和着简单的早点一起下肚，我的肉身和灵魂能量充满。工作内容限制了活动领域，我每天只能在方圆不到一百公里以内重踏自己的足迹，但我并没有感觉单调，因为我知道没有一处足迹可以重复。

　　以旅游的心生活，脚下就是景区；以生活的心旅游，何处不是家园？

　　阳光照在我脸上，本来不帅，竟一下子帅了几分；阳光照在我心上，本来心情阴霾，竟一下子晴朗了。阳光真好，我没有理由不帅，也没有理由不灿烂。

　　开过，灿烂过，花的一生就有意思，被不被欣赏，不是花的事情。

品格修养篇

每天对这个世界释放一点善意，这个世界回报我们的一定也是善意。不管你感觉没感觉到，这样的回报都在发生。所谓的好心没有好报，是一种错误的判断，你相信它的同时，其实就已经好心不再，没有好心，又哪来的好报？这世界到处都是作用力和反作用力，好有好报，恶有恶报才是事实的真相。

人的痛苦大多缘于不能实现的欲望。能够实现的欲望最多让人堕落。

追问生命，不是吃饱了撑的；人活着，不仅仅为了吃饱。

年龄愈长，我愈是舍不得睡觉，总觉夜太短，经不起熬；天亮得太迟，鸟儿们老不叫。造化老儿吝啬，分派给我们一生的只有三万多天时间，再精打细算地用，还是太不够，用到这里，那里缺；用到此处，彼处少。本就紧巴巴的时间，还要拿出三成来睡觉，谁舍得？反正我小气。

世间人渺小如我，跟一只蚂蚁差不多，有时甚至还不如。所以从不敢企求什么，很满足于做阳光下的工蚁，每天为需要的众生搬运心灵的砖瓦，我希望所有的生命都拥有纯洁的心灵房子。虽然总是力有不殆，但我乐此不疲，蚂蚁的一生也是一生，活着就要有点意思，活不出大意思，活出点小意思也不错。

谁的生命不妖娆，谁的人生不精彩？这世上的春生夏发，流水花开，样样都妙不可言，只是不一定为你而生而发，为你流淌开放。你有你的妖娆和精彩，却常常被你忽略，你的心不在此处而在彼处，你的目光从未聚焦自己。我们欣赏一朵花的时候，不知道自己也正很灿烂，这才是原因。

# 童年是一种岁月，老家是一世乡愁

　　童年是一种岁月，老家是一世乡愁。有雨的秋夜，鸟鸣被打湿，初心被惊醒。顺着雨声的方向，越过夜幕，我回到茅草岗的初年，用内心的旭日引路，找寻那个写满故事的村庄。那条清澈的龙沟已被填平，那颗挂着秋千的弯梓树已经不在，我的老屋呢？我的那些光屁股伙伴呢？

　　父亲喜欢在门前的村路旁栽树，久而久之，村路就成了林荫道，夏天，过路的人常在这里歇歇脚；雨天，路过的人偶尔会在这里避避雨。我继承了父亲的习惯，也喜欢栽树，我栽的是文字树，栽在公共媒体和自媒体上，也栽在书上。我希望自己也能栽出一条父亲那样的林荫道，让身心疲惫的人在这里歇歇脚，避避雨。

　　早年，在大队做赤脚医生的五叔告诉我，人总是关注自己身体的某个部位，久而久之这个部位就会生病，你忘记自己的身体，病就是想找你都找不上。年岁日增，我愈觉五叔的话简直就是真理。

当年，身处逆境，我拿自己当人看，因此活得有尊严；如今，日子顺遂，我不拿自己当回事，因此活得不飘忽。总结这半生，我获得这样的感悟：一个人穷时丢失的尊严，不要期望达时可以找回；一个人顺遂时能够保持低调，才可避免乐极生悲。

少年时代在生产队出工，年轻人喜欢比挑担子，谁挑得最重，大力士的称号就归谁。尽管我很想拥有大力士称号，但在比挑担子时，我每次都先试一试，如果九成九的力气用上去能够挑起来，我当仁不让；倘若挑不起来，我绝不勉强自己将力气用到十成以上。因为父亲告诉过我：力气一旦用过，那伤就是一辈子的。

我的父亲是个大智慧的人。炎夏，父亲教导我们要起早歇晚。天蒙蒙亮即起床下地侍弄庄稼，上午九十点至下午三四点太阳最烈的时段，回家休息，下午四点多之后再下地直至披星戴月而归。

父亲这样安排最为科学合理，又非常人性化，每天干农活的整体时间不减，既不误农活，又能避过太阳最毒的时光。父亲做事从不机械，总是能够应机而变，他是个有大智慧的人。

我的闲都是偷来的，我的忙你看不见。月亮很圆，风很尖锐，夜很孤独。

# 你才是你自己的太阳

人的情绪犹如天气，上午晴空万里，下午也许就大雨滂沱。人的私欲无极限，这钱权本来归我掌控，怎么就跑到你的门下；前一刻兴高采烈、轻松自在，下一刻就觉得事情难办如登天，内心纠结的仿佛天要塌下来。越在这时候，越要让自己的心静下来，只有让自己的心安静下来，摸到世界的秩序，才不会乱到哪里去。

我情绪不好的时候，从不写任何文字。当我可以落笔的时候，情绪已经整理好了，所以，根据我文字的内容来判定我情绪的好坏，往往会误判。我文字都是自我教育的产物，当我写出某种文字的时候，实际上业已从自我教育中获得了升华，已经不再被原始的情绪所左右。不知道该干什么，也不知道不该干什么，人在这样的时候，最无助，也最脆弱。

坏情绪犹如火药，日积月累，你就成了一点就爆的火药桶。人要对坏情绪进行及时处理，决不能任其堆积。处理坏情绪的方法很多：客观条件允许，暂时离开产生坏情绪的环境是一种；客观条件不允许，主动地转向思考也是一种。我在被坏情绪袭扰时，要么走进大自然看白云山水，要么换个可以引发愉悦的思维方向。

我是个俗人，只求安然活着，只求一生安详。我的这个愿望很小也很大，实现起来，既容易也很难，因为知道自己是个矛盾体，灵魂中有高尚也有邪恶。为了不被邪恶带入生活的危境、人生的危路，必须一点点剔除邪恶，我用的是笨办法，那就是不间断地进行自我教育。经验告诉我，这办法虽笨却有效。

不能听任情绪绑架，一定要以最快的速度有效解脱。

我喜欢这样的生活方式：每天遵循自己的心过日子，既不被时间赶着跑，也不被人情牵着走。活在自己喜欢的世界里，做自己爱好的事情，并且还能靠爱好就能养活自己。我希望每天都不会有生存压力，愿意将自己最珍爱的文字和思想，无偿分享给一切愿意接受它们的人。可是因为我太笨，就这么点梦想都实现不了，我要怎么才能聪明一点呢？

完全满意的永远是下一个，如果说这个世界上有什么东西永远不可得，那就是完全满意。既然不可得，那就要懂得将就，接受将就。

倘若没有阳光的心境，一万颗太阳也照不亮你。拒绝结冰的情绪，要靠心中的太阳来融化。每天为心积蓄一点能量，生命方能散发光热，太阳从不为你升起，你才是你自己的太阳。

一日归零，一日轻松；一周归零，一周轻松。每日归零，思想归零，情绪清空，人生就不会负重，生命便自在轻盈。

# 幸福就是一种感觉

　　芬芳的鸟鸣生动着晨曦，生发着希望。一些鸟儿在歌唱，一些鸟儿正出壳，你看东方的天际，旭日的脚步声响起，朝霞们正在梳妆，为了这一天的新禧。站在冬天江南，没有一点寒意，内心的阳光晴朗了生命，温煦着灵魂，我以最虔诚的方式接受早晨的善意。

　　微笑面对早晨，就是快乐地面对初心，既清澈明净，又灿烂热烈。在熹微中醒来，仿佛种子的发芽，犹如生命的蝉蜕。

　　安坐自家的阳台，品一杯好茶，看一本纸质书，静享阳光与书香。每一天都努力地向上，喜悦地成长，愿将所有的当下过成绝响，过成美好。

　　床头有书，杯中有茶，心有念想。幸福就是一种感觉，感觉很好就是幸福；幸福就是一种姿态，自己感觉舒服的姿态就是幸福。

才刮的胡子，又密密麻麻地长出来。这就是时光，有点刻板，谁的面子也不给。所以面子要自己挣，时光既无情，你就走到它的前面去，甩给它一个黑黑的背影，所有的光，你带走。

一年就像一张百元大钞，大钞除非不破开，一破开就不经花。年也是，第一张日历除非不翻开，翻开了就不经翻。带着光和热走在时光的前头，不要管什么日历不日历。钞票花掉了才有价值，那就花吧，快一点也无妨。一心走路，你有光和热，走到哪，都是明亮和温暖。

幸福不在前面，追不到；不妨转个身，或许幸福就在身后。唯愿幸福如花，芬芳一路。

清茶一杯，在袅袅茶香里读书或冥思，近圣近道，享受的是一段快意人生。

无论如何，请放射爱的热力，集聚善的能量，活着的每一天，都是唯一，都是新我，都有精进。

# 从一盏小灯到一颗太阳

　　你是一盏小灯，可以照亮一间屋子；你是一颗太阳，可以照亮整个天空。从一盏小灯到一颗太阳，距离究竟有多远呢？一种答案是永远，一种答案是转身。两种答案之间相差的只是一个修行。

　　我庆幸自己这半生身在低处却没有沉沦。低处，对个人而言，或许是一种无奈，但它却是宇宙人生和社会世相的最佳观察点。在这个观察点上，可以看到最善美最丑恶的人性，可以看清五花八门的世相表演，可以洞若观火地读懂生命真相。对沉沦者来说，低就是低处；于自觉的观察者，低处胜于高处。

　　是太阳，乌云终究遮不住你的光；是泥鳅，被人捧成苍龙又怎样？你是什么就是什么，走自己的路，过自己的人生，该笑骂就笑骂，该痛哭就痛哭。

阳光的人，脸上不缺微笑；善良的人，内心总有慈悲。自然的微笑，装不出来；由衷的慈悲，拒绝伪善。

大地山川将太阳的光和热吸纳到生命深处储存，沤成黑暗中的光明，寒冬里的温暖。我们不是太阳，但可以学习怎么做山川大地。

没有黎明的暗度，哪有曙光的亮度？没有夜晚的深度，哪有白昼的高度？我从夜晚走来，正在黎明中跋涉，曙光就在眼前，心中的旭日升起，生命中阳光灿烂。带着上善和爱的情怀，随曙光一道前行，跟太阳一起登高，灵魂无限欢悦，人生如此美好！

感恩岁月中有四季，感谢生命中有轮回，太阳有升落，人生有起伏，冷暖交替，恨爱相随，活着才不单调，世间才有阅不尽的精彩。

# 书香是社会的灵魂香气

读书如果没有书香萦绕，是不是总觉缺点什么？就为了这一点，在一些人的生活中，电子书永远无法替代纸质书。

有四个字我觉得最可亲，那就是书香社会。书香门第，总是被人羡慕；耕读人家，总是受人尊敬。一个家庭再怎么富裕，如果没有书橱，没有阅读，充其量是个没有文化的暴发户。一个社会，没有阅读，没有书香，经济再怎么高速发展，也就是一台没有灵魂的生产机器。书香是社会的灵魂香气。

读书的范畴很广，读有字书是读，读无字书也是读。要真正读出书的意味，有字书无字书需轮番来读，两者缺一不可。所谓书香，不仅散发于有字书，同样氤氲在无字书里。死抱着哪一种书读，都无法沾染真正的书香。

有时候，我也会懈怠，不想再写作，不想再出书。记得有位住持说过：不同的读者在读你的书时，如果能从书中的一句话受益，你就拥有了福报，这本书就有价值。你的文字充满正能量，给人的是正面精神影响，为何要懈怠，不想再写作，不想再出书呢？人都有迷茫时，让自己的心静下来，也许因为过去的某一句话，某一个人，或是某一本好书，都会有意想不到之情境。

静若处子。处子乃是情窦初开、待嫁未嫁之女，美丽、浪漫、动人。处子之美，缘于一个静字。滚滚红尘之中，喧闹有余，而安静不足，是以世间美女多是化妆而出，化学美容，美则美矣，却不健康，更是失真。处子之美，静之所至，出于天然，由内而外。何以能静？唯有读书，读养心冶性之书。读书才是最好的美容。

为什么要读书？读书为明理。读书越多，越不明理，要么是读的书不对，教人歪理邪说的书，读得越多，理越不明。读书要有选择，要读那种教人常理的书，启迪心智的书，涵养心灵的书，引导人精神向上的书。要么是读书的方法错了，一头钻进牛角尖里出不来，结果将自己读成认死理的书呆子，拿较真当认真。

有的帅哥帅得有书卷气，有的美女美得有书香味，追帅哥要追这样的帅哥，追美女要追这样的美女。天下帅哥多的是，但帅得有内涵的不多；天下美女到处有，但美得有内涵的难遇。有些男人长得一般，却帅气逼人；有的女人容貌平常，却美得要命，这是为什么？读书使然。

读书使男人帅气，读书让女人美丽。我说这话是有前提的，那就是书要是好书，引导精神向上的书，低俗的书不在此列。读要活读，不能把一本活书读死，把一本好书读成烂书，更不能把自己读成书袋，读成偏执狂。这就是有些人虽然也读书，却男人越读越猥琐，女人越读越粗陋的原因所在。同样是读书也有天壤之别。

当你感觉时光凋零，生活无趣时，一杯清茶，一本闲书，一番冥思，会让你触摸到凋零中的成长，无趣里的情趣。

# 忙时尽人事，闲来看看花

　　天气有阴有晴，日子有忙有闲，生活有浓有淡，看似无常，其实才是正常。一天就是一个轮回，一生就是反复淬火。我们的生命都是被束缚的，接受，平静，认知，才能解脱。

　　有一种人，他们的身份地位观念极强：对上，自卑感与生俱来；对下，却有一种莫名其妙的优越感。这种人容易被上驯服，对下较劲，是个多面人，最好既别得罪他们，也别和他们离得太近。

　　这世上，大多数人都有偏执基因，喜欢为闲事较真。还有就是小人物往往喜欢谈论大事，大人物常常喜欢关注小事。无论如何，脾气别跟爆竹比，一点就燃炸掉的是自己；做事别当惰性气体，不行动到头来只能一事无成。说话呢，留个阀门，该关的时候别老开。

　　人心像流水，自有其流向。只是由于种种原因，水流或

品格修养篇

被截断，成为死水；或混入泥沙，成为浊水；或因为干旱，成为竭泽；或由于多雨，汹涌成洪灾。一切正向作用于人心的文字，在于疏导，在于净化，在于补水，在于泄洪。写作者只有成为治理人心河流的大禹，才能写出有益世道人心的善美文字。

年轻时不怕摔跤，因为摔得起；老来后别爱面子，因为要了面子往往失了里子。中年人最难，摔不起跤，也拉不下面子。

真正喜欢你思想的人，不仅愿意为你的思想买单，而且不吝啬花钱传播你的思想。喜欢享用你的思想，却不愿意付费的人，其实不尊重你的劳动。如果你的思想不值得被人享用，就算免费也无人问津，货不对路那就是你自己的事了。所以，这个世上根本就没有免费的思想。所谓免费，一种是支付的方式不同，一种就是纯粹的垃圾。

哪怕是天下一等一的高手，只要你心中还有敌人，就注定无法逃脱被打败的一天。唯有心中无敌的人，才能永远立于不败之地。

我们都有过戾气，结果发现戾气这东西实在不好：于己，降低生活幸福指数；于他人，是一种负能量的压迫。人的一生很短，就那么点时光，不用来盛装喜气，却用来制造戾气，划算吗？

不攀不比，哪来痛苦？不焦不灼，才是好活。忙时尽人事，闲来看看花。漫漫长夜，有一缕光就不寂寞。心若有光，心便不在长夜。

# 深刻的话简单说

做一棵树不容易，因为独立的坚持，难免风中折枝，甚至被狂风连根拔起。

把简单的话说深刻，把深刻的话说简单，仅有学识是不够的，它还需要智慧。

挣钱再多都不算成功，譬如许多富翁的精神无着；花钱智慧才是真正的成功，譬如让金钱成为子女德行的垫脚石，成为社会正能量的加油站。

一个人生在何处，活在哪里，看似偶然，实则必然。生在福地是你的福报，要珍惜；生在恶地是你的恶报，要忍受。这也是一种因果。

人生在世，不要让钞票遮挡了天空，不要让权势奴役了心灵，不要让声名压弯了腰杆。

我笃信天命，这并不唯心。你先天的体格和智商，你的家族，你的父母，你的兄弟姊妹，甚至你降生的地域，你老家的邻居，都是你的天命。天命不是你所能决定的，但天命并不能固化你的一生。你天命再好，也可能过出很不堪的一生；你天命再烂，也可能一生过得很惬意。人的命运，是天命和后天的综合。

我们为什么坚持？我们害怕什么？我们为什么既拎不起也放不下？只对既有的东西可以把握，对世界，对自己，对未来均没有信心，是造成前述疑虑的本质原因。

正因为有极少数呼风唤雨的人，所以大多数人才要随遇而安地活着。你有呼风唤雨的能力和运气吗？如果没有，那就随遇而安吧，要不然这个世界就会动乱不安。

不忘初心，方得始终。初心就是缘起时的一个发心。时序已经是冬天，心态可以是春天。无论怎样，都是给自己的一个交代。

# 要漂亮的借口，还是要漂亮的人生

想起刚断烟不久的那些日子，面对朋友们上等好烟的诱惑，我虽然做不到心如如不动，却能够秋毫无犯。这些所谓的朋友怎么这么坏，我抽烟时，他们将好烟藏着掖着；我断烟了，他们却可着劲地显摆。这算不算交友不慎啊？

没有魔的干扰，干扰你的是你自己；也没有佛的加持，加持你的也是你自己。一切都是你的原因，佛和魔都是借口。借口越漂亮，人生越不堪，你要一个漂亮的借口，还是一个漂亮的人生呢？

有的人活着，粮食用来为他们服务；有的人活着，纯粹是在糟蹋粮食。有时候我是前一种人，有时候我是后一种人。当我是前一种人时，我活得很有方向；当我是后一种人时，我活得了无目标。我有时痛苦，有时麻木，就这样，一生的时光越用越少。

每个人最终都要对自己的心行负责任，你可以欺骗所有的人，但还有虚空法界里的那些众生你无法糊弄，还有你自己的内心无法交代。谁都可以追求现世的快感，名闻利养追了就是追了，没追就是没追，只要不口是心非，表里不一就好。

人生的束缚，其实不在肉体，而在心灵，对众生的每一次作假，对自己的每一回哄骗，心都不折不扣地记账，并因之无法解脱。

决定做一件事，就埋头去做，切忌左顾右盼，心有旁骛，更有甚者，受他人言语左右。一门精深，你即使做不出惊人成就，也可能成为某一领域专家。若是用心不专，风来听风的，雨来听雨的，到头来凡所触及，皆浅尝辄止，半途而废，及至蹉跎终身，一事无成，星业不就，徒唤奈何。

我虽然不是一个完全理想主义者，却坚持认为人应该而且必须有理想。理想对人生是一种正向的引导和激励，没有理想的人，往往活得只有快感没有快乐，只有痛苦没有痛快。

常有人跟我说：你现在衣食不缺，而且在一定范围内小有名气，为什么还要这么辛苦码字，几乎将所有业余时间都赔上了。我说，我这个人天生没什么福报，除了码字也没什么别的本事，辛苦点是为自己培福，我要感谢上天不弃，给了我培福的机会，辛苦不算什么，只要我付出的辛苦还能给大家带来点滴利益，我就辛苦并快乐着。

人生最大的快乐，就是你做的事情既利益他人，又为自己培福。找到这样的事情，做起来，别荒废了我们难得的人身，别辜负了我们短暂的人生。

# 人有了小草心态，就不怕践踏

　　这是一个热闹的早晨，雨后的清新，春天的意味越来越浓，喜乐的鸟鸣，一声比一声起劲。我的情绪一样是愉悦的，旭日悬在灵府，家园一片灿烂。这些善良有爱的晨鸟分明是来捧场的，不是为我，而是为一本叫《晨语》的书。有人说，这是一本阳光之书、心灵之书、智慧之书、生活之书，也是一本吉祥书。

　　点燃自己，是为了将心炼成一颗太阳，人生不能总在黑暗中行走，要靠自己的心来照亮前路。灵魂跟随爱和上善的引领，是为了不让生命走上歧途，因为我是圣洁和龌龊的混合体。我从未灿烂，但太阳可以帮我灿烂；我也难能崇高，但爱和上善可以教我崇高。

　　做人要有小草心态，人有了小草心态，就不怕践踏，小草越是被践踏，就越要顽强地生长。甚至不怕野火，野火烧

品格修养篇

不尽，春风吹又生。你老当自己是一棵树，却没有做好被折断的心理准备，又怎么行呢？即使你真的是一棵大树，又怎么样呢？木秀于林，风必摧之。

看透却放不下，悟到而证不到，这是大多数世人的现实。忽视了这样的现实，人容易偏执；只有接受并正视这样的现实，你的生命才能得到潜移默化的提升。

当你的人生理想和所憧憬的生活方式已渐行渐远，请别恼恨，跌倒即爬起，理清思绪，只要你的心不乱，诗歌和面包就在不远处等着你。

世上本来无事，最怕别有用心。降伏企图心，涵养平常心，清净不惶恐，安详度平生。

哪里跌倒，哪里爬起来。哪里折本，哪里挣回来。人都这么倔强，人就这么固执，即使没这么做，心里都无一例外地这么想。人和人的区别，就在那么一点劲儿上，就在这一表一里之间。

你的气场如果大过对方的气场，心中就不会有恐惧。你不恐惧，这个世界才会跟你讲和，就这么简单。有了如果，便不纯粹；已经假设，何须当真？

# 沾你光和占你便宜永远是两码事

我们总是谅解自己的不方便，却从不理解别人的不方便。组成这个世界的其实只有两种东西：方便和不方便。尽量方便别人，尽量给别人方便，人才做得坦然，人才做得安详，与人方便自己方便，你总做别人的不方便，久而久之，别人就成了你的不方便。

人家沾你的光，你要欢欢喜喜地感恩人家。沾你光的人是在提醒你，你不仅有光，而且这光还对别人有用，不然谁愿意沾你？沾你光的人，沾的是你带给他们的一种方便，绝不是占你便宜。沾你光和占你便宜永远是两码事，要是搞混了，你的光迟早会散去，会暗淡，会消失，因为不喜欢别人占你便宜，久而久之你就会失去发光的动力。

百分之一百的人说你好，那你一定不够好，因为你讨好了所有人。你能够讨好所有人，那你还能是什么好人？正常

品格修养篇

的情况是，有人说你好，就一定有人说你不好。五成以上说你好，你就坚持下去；五成以上说你不好，需要改变的一定是你。即使绝大多人认可你，也难免极少数人谩骂你，这很正常。

灵魂没有翅膀，你怎么绝尘？生命没有飞的力量，你就算绝尘，又能坚持多久？

如果你想靠，就让自己成为一座山，否则一定靠不住。求财神的人那么多，财神不一定就能照顾到你，所以要发财，还是要靠自己。求神拜佛，求的是一个心理安慰，拜的是一种虔诚而已，那是你的事情，其实与神与佛没有一点关系。

不拘小节，能顾大义；不算小账，精算大账。智者伟人大凡如此，我等凡夫则恰恰相反。

钱多不经花，柴多不经烧。真正的富翁会花钱，真正的才子不发烧。

# 寻常的日子最好

　　阳光灿烂的早晨，我和小狗豆豆漫步在江南大地上，有一种很强的画面感，更有一种诗意。这不是早晨版的老人与狗，这是生命成长中的相逢相伴。一切众生，所有的生命，在我的早晨时光中只有清净平等。阳光照我，阳光也照豆豆，被照耀是一种美好，感受到内在阳光的温煦，更是一种美好。

　　一朵普通的花，在对的人眼里，这朵花便是天下最美的那一朵。一棵高大的树，在不对的人眼里，也不过就是一堆普通的烧锅柴。

　　紫薇是我常见的第二种花，第一种是荷花。都很美丽，都很安静。世上如果没有莲花，我会选择紫薇愉悦灵魂。

　　穿过一路寒风，在春的门口，我高高举起的手，久久不敢敲下。春天是时光做的，经不起消磨。爱春天，反而不敢

品格修养篇

轻易敲门；喜看花开，怕花凋零。

在这里，做一株幽兰，独自馨香。或者搭一座茅舍，闭关修道。为了这一方辽阔安静，我宁愿一世绝尘，远离人间烟火。请允许我这样梦一下。

关注到这一朵，这一朵便最鲜艳；聚焦在那一朵，那一朵就最炫目。花自己能做的，就是不管被不被关注和聚焦，都要让自己开到最灿烂。

世上绝大多数人，都是人同此心，心同此理，极另类的只有极少数人。我们做任何一件事，都不可能关照到所有人，也不可能被所有人接受，但这并不能成为我们放弃做事的理由。大多数人同意，少部分人反对，这件事就值得做。

一个人去做好事也要有足够的福报，你福报不够，做的即使是利益大众的好事，也会轻者乏人助缘，重者被人误解。累是一定的，就算累死了，也会被人说成活该。即使如此，好事还是要继续做下去，你不能抱怨别人的不理解，因为福报不够是你自己的事情，你只有设法将好事做好，才能累积新的福报。

早晨醒来，不贪恋舒服的床，这就是平常心；旭日东升时，自己心里的朝阳自自然然升起，这就是平常心；朝气中吐纳，没有纷乱的念头飞扬，这就是平常心。所谓平常心，就是时时刻刻做自己的主人，在任何外境的推搡之下，我自岿然不动。大千世界再怎么喧嚣，我的心始终不嘈杂；风再大，我仍是一潭静水。

游走在生活中，我总是小心翼翼，生怕哪一段生命被污染，结果却总是事与愿违，入世越深，我感觉自己越失去本色。有时候也会升起不在乎的念头，想大大咧咧地赶路，但这样的念头每每转瞬即逝，我依然小心守护，走出的每一个步子都战战兢兢。

不忘初心。享受初春之光的抚摸，弹拨灵魂之弦，然后任激情为爱飞扬，这就是初心。

今天无所得，也无所失，无所喜，也无所惧。寻常的日子最好，不要坐人生的过山车。我用平常心对自己，没有哪一件事情我不服气；我以平常心对他人，没有哪个人不是我的菩萨。有了平常心，我的心地便无比的光明透亮。

# 早起，才有资格任性地等待日出

早晨醒来，在朝气中健康地活着，自由地思想，是一种莫大的幸福。仅此一点，就值得我们对造化无限感恩。晨光照亮天地，上善点燃心灵，爱的能量在你我之间传递，这样的时刻，值得用最美的文字描绘，用最诚挚的激情赞美。

天冷了，连鸟儿也开始贪恋早晨温热的被窝。我照常醒来即起，倒不是不怕冷，而是压根儿没感觉到冷。

我贪恋旭日总是胜于被窝，无论什么样的季节，什么样的天气，每天早晨，在意识进入大脑的刹那间我便看见了旭日，那是内心的旭日，温热又灿烂。

这一生向阳地活着，认真地播善种，努力开善花，要感谢不间断的自我教育。我是一个脾气暴性格刚的人，之所以百折未断；我又是一性格偏执爱较劲的人，之所以最终没有走极端；我还是一个忧郁心重常生厌世心理的人，之所以还能活到今天，都是自我教育之功。感恩自我教育，感恩内在的觉醒。

做人心平气和，做事稳重踏实，生活随遇而安，事业不断进取，生命喜悦安详，人生云淡风轻。或许有人会说，这是圣贤的境界，凡夫做不到。我却以为，这样的境界并非圣贤专属，凡夫照样可以达到，前提是懂得并能够不间断地进行自我教育。圣贤都是教出来的，凡夫不如圣贤，欠的只是一个自我教育。

早起，才有资格任性地等待日出；心中的旭日升起，生命才可以任性地灿烂。任性的微笑，来自内心的和乐；任性的慈悲，要有和善的底子。你可以任性地阳光，不可以任性地阴郁；也可以任性地希望，不可以任性地空想。

替天想想，替地想想，替人想想，然后再替自己想，世上哪还有想不通的事？天不会总亮，也有天黑的时候；地育万物，也有不毛之地。人有高矮胖瘦之分，也有贤愚穷达不同。你的生活顺逆，人生峰谷，生命起伏，跟天地比算不得什么。跟他人比呢，你既不是最幸运的那一个，也不是最不幸的那一个。

上天如果看上一个人，赋予这个人重要使命，就决不会让这个人寻寻常常活着，要么让他们大喜大悲，要么让他们大起大落，善到极致，恶到极致，享最大的福，受最深的苦。这样的人在外表上或许与普通人无异，但他们绝对都是大根器的人。大根器的人遇到什么缘分便成就什么。

追求目标，享受过程，才能找到奋斗的意义、享受的真味。从这个意义上说，笑到最后的不一定是真正的胜利者，只有那些能够微笑面对任何生活境遇的人，才能成就最有价值的人生。

# 这一生不过就是一次路过

　　喜欢早晨，是因为旭日能帮我一点点找回青春；热爱春天，是因为和风能助我张开想象的翅膀。世上没有不老的神话，但青春可以借旭日轮回；想象受维度的局限，但翅膀可以凭和风穿越。如何才能不受岁月摆布？何以才能不被空间禁锢？我告诉你，答案在早晨在春天。

　　不要万众瞩目，得一人倾心就是意外惊喜；不要留名千古，能半生的自在就很感恩。因为爱我不孤独，因为自由我很惬意。在深山远水，抑或纷纭的人群中，随缘就好，这一生不过就是一次路过，怎么都好，何必找累。

　　一条在海里自由游弋的大鱼，回到它祖居的小水塘后，总是变得非常安静，除了夜晚出来觅食，它基本上都是待在水塘底一动不动。有天，一位路过的神仙问这条大鱼：你在海里那样生龙活虎，为什么回到这里就不见动静了呢？大鱼

品格修养篇

回答：我本来就是属于大海的，为什么非要在小池塘里显示威风呢？怕渔夫看不见呀？

心很小，有时候可以装下整个世界；天很大，有时候也会被片叶遮蔽。你的心能装下什么？谁又是挡在你眼前的那片叶子？你有答案吗？

力所能及的事，我尽全力；无法胜任的事，我不掺和。要说的话我力争说清，说不清的话我尽量不说；不属于我的东西一定不要，我要的东西一定是理所应得。有好东西，我不怕别人分享；拿给别人分享的，必须是我认为的好东西。人家对我怎样，那是人家的事情；我对人家怎样，我要顾及因果。

拥有的，当下珍惜；失去的，尽快忘记。美好的，常常回味；不好的，永远删除。珍惜，才能让拥有长久；忘记，是为了轻装再来；回味，美好才更加绵长，删除可以为美好腾出更多空间。

一年读一篇好文，一生读一本好书，能做到就很了不起。

# 生活是深入的哲学，哲学是浅出的生活

生活犹如摸黑走路，所以要让生命点盏小灯，哪怕光再弱，也能在关节处给人生提个醒。如你不弃，在你需要的时候，愿做你的一盏小灯，不管是熟人还是陌生人，相遇了都是有缘人。有你，这盏小灯要点，我自己需要；没你，也要点，还是为我自己，所以能给你照个亮提个醒，是我的幸运，因为你我才不孤独。

做好自己的一份工作，稻粱谋也要讲道义，对得起那份工钱。尘世间的责任，该尽的不敢推迟，笃信态度大于能力，尽责不尽责是一回事，能不能尽到责是另一回事。我成不了佛，但丝毫不影响善的发心，慈悲的情怀。不怕人笑，天下最大的嘲讽都敌不过自嘲，我本卑微，为什么要跟山比高，每天比自己高一点就好。

挑别人的不是易，改自己的毛病难。譬如饭局上，大家最讨厌的就是有人话痨，从开席到散席就听他一人喋喋不休。问题是，我们不喜欢别人唱独角戏，自己往往却成了独角戏的主角，不由自主地成为自己讨厌的对象。即便有时候为给请客的朋友凑个热闹，不得不多说点话，也要顾及他人的感受，懂得适可而止。

生活家不一定能成为哲学家，但真正的哲学家一定要是生活家。哲学从生活中来，没有生活的哲学是空头哲学。越高深哲学越没有生活，来自生活的哲学一定是大众哲学。生活是深入的哲学，哲学是浅出的生活。

人以群分，在不同的群里，我们扮演着不同的角色。在多元社会里，人不大可能专属于某一个群，多数时候，你会在不同的群之间行走。可以有自己的角色定位，但在不同的群里，你要有变通的灵活性，找到个人意志与群体意志交集，找到了这个交集，你可能左右逢源；实在找不到，你只能或离开或莫言。

口才不好，偏要去当演说家；个子不高，却喜欢跟人家比高矮。拿自己的短项拼人家的长项，不是励志，而是自寻烦恼。人生在世，烦恼本就不少，许多人还要自觉不自觉地造些烦恼，真是愚不可及。口才不好的人，或许笔力很棒，当个写作家岂不乐在其中？个子不高，或许聪明绝顶，干吗不多发挥自己的才智？

不需要的时候，身边都是高参；急用的时候，身边没有一个诸葛。有钱时，身边围的都是兄弟，破产了，戴眼镜找不到半个朋友。聪明有余，见识不够的企业家大凡都有过这样的遭遇。

# 书到功夫便是画，画到境界便是书

一位书画家说，在我的艺术世界里，书法是豪情奔放的钢琴曲，绘画是流出肺腑的大诗歌，我就靠它们活着，缺了哪一个我的灵魂都会感觉残缺。这样的钢琴曲和大诗歌其实是一体的，它们共同造就了我的艺术素养，正因为它们的相伴，我才有艺术上登峰造极的底气。

书画，还有诗歌、音乐，原本就是一棵艺术之树上开出的姐妹花。书到功夫便是画，画到境界便是书，无论是书是画，堪称绝品的都是诗歌和音乐的天籁。

女神的凌波微步，幻成江南不二的荷园。暗香弥漫，清远脱尘，仿如轻纱般的飘逸，迷醉了多少芳心，温馨了多少怀抱。那只游走在古琴上的素手，那颗附着在胡弦里的灵魂，将古典的浪漫契入诗书。是一种和悦，不是荷；是一缕馨香，与芙蓉无关？

布谷鸟从夜晚唱到天明，我没有听出它的疲倦。这是一种神鸟，在属于自己的季节里，它们从不停歇歌唱。我由此想到人类，人虽然是地球上最高等的生物，都常常没有他们眼中的低等生物高明。我不知道，有多少可以像布谷那样，旺盛在自己的季节里。原本可以唱着过的一生，许多人偏要哭着去过。

人为什么更容易在自己爱好的事情上获得成就？我曾经选择了几个标本进行跟踪观察，结果发现，人在做自己爱好的事情时，往往不带任何功利心，纯粹是凭自己的喜好在做，再苦再累也很开心，再花金钱和气力也不吝啬。譬如一位书画爱好者，高兴了就写字作画送人，且不说时间和精力，似乎笔墨纸张也没有成本。

心中有一轮旭日在，你的人生就永远温煦。

你不知道什么是粗俗，又怎么会真正懂得优雅？粗俗和优雅在每个人的心中毗邻而居，你从不正视内心的粗俗，即使优雅也是装出来的。

散步犹如读书，书读百遍，其义自见，温故而知新。看似重复，其实全新，境随心转，风情万种。

曲子弹奏得是否动听，与琴没有多大关系，起决定作用的是你的手指和心境。这把琴不行，可以换一把，而你则是这世上的唯一。

# 心在哪，哪里就是家

　　江南的早晨不会这样雾蒙蒙，她是爽朗而清净的；也不会有这般喧嚣的市声，装扮她的是清脆悦耳的鸟鸣。我不习惯中国的大中都市，却十分钟爱她的江南小城，尤其是池州，这座对很多中国人来说非常陌生的城市。虽然很小，但她小而美，小而干净宜居。这里的早晨永远弥漫着檀香的味道，这里的旭日和朝霞没有一点杂质，这里的呼吸最畅快，这里的心灵最安妥。

　　曙色里，身心空灵悠远，水在源头，云在天边，婆娑世界，光明一片。一滴智慧的晨露，将我带向生命的原初，在累生累世的跋涉中，我追随花的倩影，莲的芳香。一粒微尘，一颗菩提，无量悲心，无边般若。

　　今天早晨临上班前偶然瞥了一眼镜子，发现又多了几根白胡须，其中一两根显得很倔强，直愣愣地戳着，那架势分

品格修养篇

明是在严正地提醒我：你都五十四了，还不知老吗？我并没有拿它的话当一回事，依然带着一颗年轻的心出门了。我不想老，几根白胡须又奈我何？

第一次见到我的朋友，大多会说一句：你本人比照片好看多了。我说不是好看，是生动一些吧。你看到的照片是呆板的我，你看到的本尊是活泛的我。今天，我去见一个久违的朋友，他上来就一句：比以前帅了。我说，不是帅是又老了。他说，你蓄了胡子，真的比以前帅。我哈哈大笑：你是提醒我刮胡子了。

和人聊到家的话题，聊着聊着，就聊出了趣味。是啊，家是什么，哪里是家？世上有个人的小家，有群体的大家；有地域上的国家，有灵魂里的心家。坐拥豪宅的，不一定有家；栖身寒窑的，不一定无家；四代同堂的不一定是家，孤单一人的不一定非家。家，有形也无形，对一个人来说，心在哪，哪里才是家。

人有时候宜一个人宅在家中哪儿也不去，让自己与自己相处，泡一杯好茶，看一本闲书，最大限度地放松身体，不思不想，让自己任性地空着。或者撑一把伞，在古老的街巷里独自游走，街巷越幽深越好，最好是看不到尽头的那种，越走越接近古典的岁月和深邃的禅意。

那日和一位智者聊天，谈及生命的轮回，我问：生命的轮回一定在死后才发生吗？智者说：可以这样理解。我又问：人在活着的时候有轮回吗？智者说：有哇，今日我已非昨日我，而是轮回的我啊。我想智者的答案是对的，刹那之后的我，就是刹那之前那个我的轮回啊。人的成长，其实就是不断的轮回。

　　晚饭快走到一半路程，天星星点点下起了细雨。这个冬天，天气有点撒娇，任性地洒落雨滴，想洒几滴就几滴，想什么时候洒，就什么时候洒。也好，每年的秋冬季节，我的嘴唇都会因干燥惯性开裂，今年却至今没有，也许是雨的缘故吧。冬的细雨，也是甘露一种，润唇，也润心，和春雨一样诗意无穷。

# 三则明理小故事

　　一日，小和尚悄悄对老和尚说，人家骂你了。老和尚哈哈大笑，骂得好！小和尚摸不着头脑，就问一位年长的师兄，人家骂师父，师父不但不生气，还说人家骂得好。这是为何？师兄反问，要是你正在做梦，有人突然叫你，你会不会高兴？不高兴就说明你被叫醒啦。小和尚若有所悟。

　　一位后生问智者，你通晓古今中外之事，宇宙万物之理，却没看见你读书，你的满腹学问到底从哪里来的？智者略一沉吟，微笑道：我无时无刻不在读书，略有不同的是，我读得最多的是一本无字书，这是天下最有用的一本书，写作它的是山河大地、日月星辰、风霜雨雪，虽然不着笔墨，却胜于卷叠万千。

　　一人到寺庙你请求住持剃度，住持问，你为什么要出家？答，大家都说我是人才，但职场却不能容我。住持再问，是你的问题还是个别主管的问题，或是整个团队的问题？答，当然是团队太烂。住持又问：知道狼有什么习性吗？答，群体性。住持笑道，如果一匹狼不容于狼群，是狼群的责任吗？

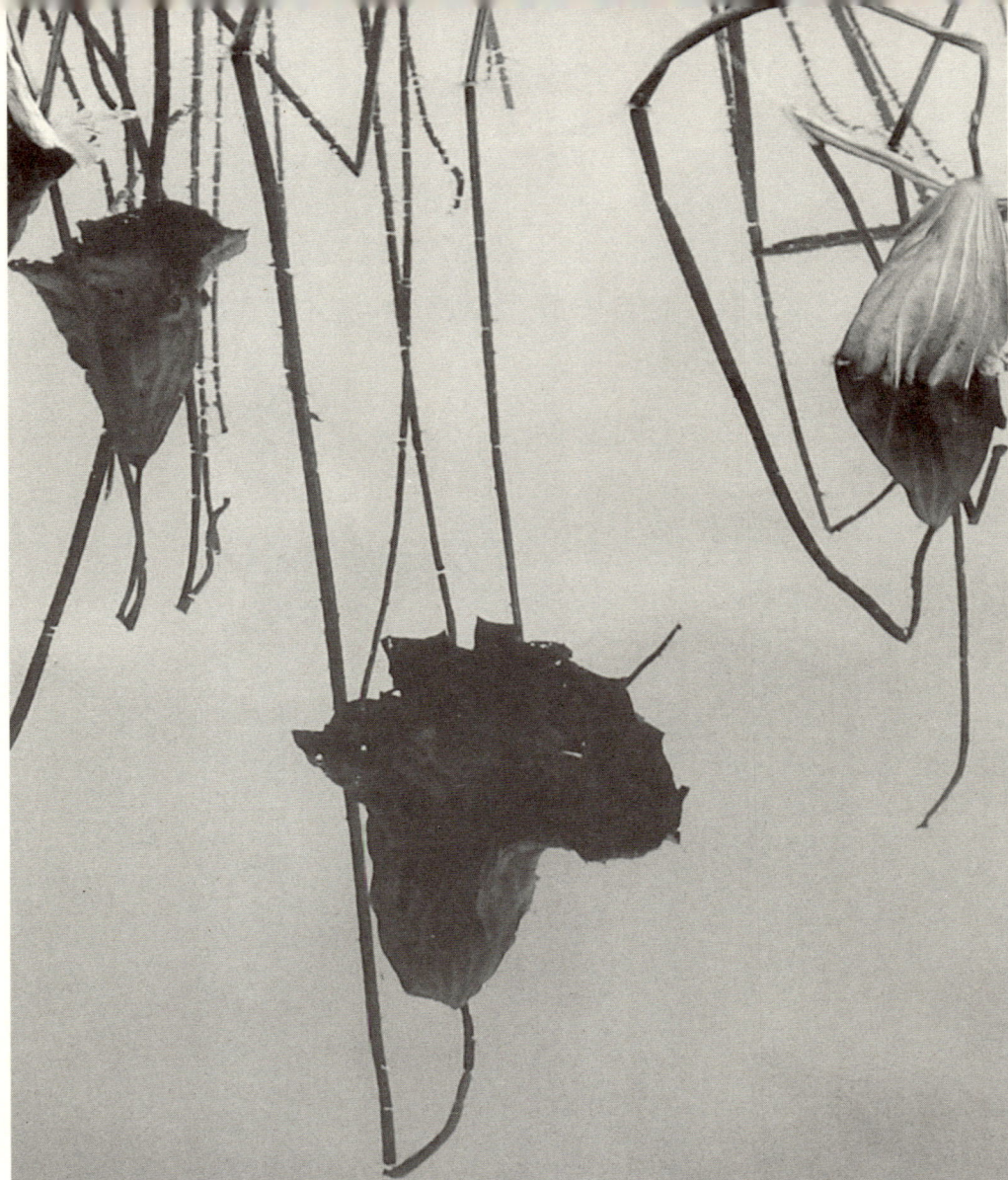

# 自我管理篇

# 决定生命质量的，永远是我们自己

我始终相信文字是有灵性的，我要感恩那些因为文字和我结缘，进而成为我灵魂伙伴的人们！因为你们，我的人生有了质量，生命的成色更好，这一世没有白来。感恩不是嘴上说说而已，真正的感恩都是烙在心上的。

春天是四季的扉页，早晨是一天的开篇。写不写的好一天，就看早晨如何起笔。起笔是一抹朝霞，这一天就不缺灿烂；起笔是一轮旭日，这一天就不缺晴朗。倘若起笔是欢悦的晨歌，这一天的节奏就是欢快的。这样的一天又一天，结集成一年，就是阳光的一年；集结成一生，就是欢悦安详的一生。

有人问我热爱早晨的理由，我说理由很简单：就是感恩二字。感恩朝霞不弃我，感恩旭日加持我，感恩鸟鸣喊醒我。因为感恩，我力求和朝霞一起灿烂；因为感恩，我力求和旭日一道喷薄；因为感恩，我力求和鸟儿一同歌唱。我平凡的生命因早晨而自信，我懒惰的灵魂因早晨而精进。

在这么静谧的早晨，你盘坐在娑婆世界里，犹如一朵莲花。没有冷，也没有热，心态总是那么温煦，仿佛春天永恒。身在冬天，生命中却没有冬季。我的朋友，不管生活如何待你，一颗心不能随之左右晃荡，忽冷忽热，在无常的世界里，找到心，按住心，你就实现了一种永恒，进入不生不灭，不喜不忧，如来如去的安妥。

人生宜不紧不慢，犹如太阳运行总是匀速。快了，会错过许多值得欣赏的风景；慢了，会被另一些值得欣赏的风景错过。生命的长度有限，生活的欲望很多，沉迷于某一处风景，或急于赶往某一处风景，结果会有更多美好的风景被你错失。人生的步子慢了适当加速，快了适当减速，才能从容享受每一处属于你的景致。

雨声中醒来，起床，盘坐，等待内心里旭日升起，朝霞灿烂。以前，我是个充满忧郁的人，生活中到处泥泞；如今，自我感觉良好，生命里阳光普照。而真相呢？一切可能都是错觉，正是这种错觉，让人生的乐章跌宕起伏、旋律优美。外界的一切，要么是善缘，要么是恶缘，多少会影响我们，但决定生命质量的，永远是我们自己。许多人搞错了，我也是。

起一次早，等于开一次花，也约等于得一回道。春天很远，其实就这么近；修行很难，实际就这么简单，道亦不远，就在脚下。

# 不念既往，不问将来，不废当下

朋友请教智者：我觉得活着没什么意思，却又十分害怕死去，这是为什么?智者反问：你确信自己活过吗？你能保证自己没有死过吗？见朋友一下子被问蒙了，智者接着说，你既不能确信和保证，就说明你从不知死活，又哪里能体会活的意思，死的恐惧呢？一个人不好好活着，又怎么能安然死去呢？花开花落都很美丽。

激起对身边最平凡事的兴趣，学会爱与你相关的所有人，懂得珍惜你已然拥有的一切，你还会精神空洞吗？不用追问寻找，你就已经获得了生活和人生的意义。之所以感觉生命虚无，是因为我们将注意力放在了大而空的事情上。

机缘这个东西，有一点神秘，不是你可以招之即来的。有些事情，你努力去做了，但做不做得成，你说了不算，机缘说了才算。有些事情你只是认真在做，并没有抱多大做成的希望，结果却意外地做成了，这是机缘帮了你一把。机缘既大方又吝啬，你再努力，也不一定能感动它；但如果不努力，它想帮也帮不了你。

世道再怎么纷乱，人性再怎么自私，总还是有一些东西被大家公认并接受，譬如善良和爱。善良和爱谁人没有，只不过呈现和表达的方式不同而已。因为发现并相信人人身上都有善良和爱的种子，我对这个世界从未真正绝望过。这个种子要适当机缘才能生根、发芽、开花、结果，这个机缘就是自我教育和心灵教育。

人要有点气量，有气量才有风度。人家买我的账就说人家全好，人家不买我的账就说人家全坏，逞的是口快，掉的是身价。心胸广阔之人，待人处事宠辱不惊，授人以赞，心存感恩，生怕自己德不能载物；授人以谤，反躬自省，有则改之无则加勉。

不念既往，不问将来，不废当下，当下的姿态就是生命的姿态，当下的样子就是人生的样子。一切既往，都曾当下；没有当下，何谈未来？该放下的别端着，该担起的别犹豫。当下多情，也很冷漠，错过的决不会给你补偿，你得到的也决不会从你手中夺走。

# 人如果没有烦恼，世上也就没有了菩提

人如果没有烦恼，世上也就没有了菩提。烦恼是修行的前提，没有烦恼，你还行什么修呢。譬如一棵树，有了多余的枝蔓，才要修剪，修掉这些枝蔓，树才能长直长高长大。烦恼就是生命的枝蔓，修行就是修掉这些生命的枝蔓。幸亏有烦恼，如果一生都是浑浑噩噩，哪还有机缘得见菩提？不见菩提，这一生又怎么觉悟？

烦恼与生俱来，别怕烦恼，别造烦恼，有烦恼别装着没烦恼。烦恼是生命的一部分，就像泥沙是河流的一部分。泥沙让河流具备了自净的能力，有烦恼人才有自修的觉醒。没有泥的沉淀，就没有河流的清澈；没有烦恼的根除，就没有生命的彻悟。水流淌在大地上，哪能不染泥沙？人生活在尘世间，怎会没有烦恼？

谁不犯错？错了还理直气壮，甚至以丑为美，拿错当本事炫耀，那就错得无药可救了。错而能悔，便不会在迷途上走得太远；错而能改，人生依然能回到正道。如何才能少犯错？如何才能知错改错？答案是自我教育。懂得自我教育的人，虽然也难免犯错，但大多能正确地对待错误，绝少死不认错，死不悔改。

空旷的大街上，路灯孤独地亮着。偶见一个人从大街经过，路灯无限欣喜：感谢你，你让我找到了自己存在的意义。另一条空旷的大街上，路灯似乎很落寞，这个人经过的时候，路灯很傲慢：是我为你照亮了路，你应该感谢我。

人活在世上哪能都由着自己？有多少直抒胸臆，就有多少委曲求全。遇山，你得爬，才有可能登顶；遇水，你要能赤脚，才可以蹚过去。别记着那些委曲，多想那些成全，别纠结爬的艰辛，要享受登顶的惬意。你涉过了水，水就被你甩在了身后，路就出现在你前面，往前走多好，为什么还要老是回头等烦恼跟上来呢？

传统文化中有积极的成分，也有消极的成分。既不能因为其积极的成分而全盘继承，也不能因为其消极的成分全盘否定。全盘继承，副作用难免；全盘否定，更是自断祖根，都不可取。正确的做法是，弘扬和发展其积极的成分，从传统文化中凝聚国家和民族的正能量。

有许多痛，都是我们对自己的身体使用不当所致，譬如颈椎病、腱鞘炎等这病那炎的，其实如果能正确地使用身体，都是可以在一定程度上避免的。用身体的时候随意，痛了才悔不当初；平时不觉得，痛的时候才知道不痛的好。要经常自问：你正确使用自己的身体了吗？

　　不要为健康才去锻炼，要让锻炼成为一种生活方式；不要为来生才去修行，要让修行成为一种心灵需要。为某种目的去做一件事情，压力便随之而来，带着压力去锻炼，是对身体的一种伤害；带着压力去修行，是对心灵的一种磨损。锻炼和修行唯有像吃喝拉撒那样自然，才能功到自然成。永远不要为自己制造压力。

# 有诺必践，是一种操守

　　早晨让我回到青春，朝霞在血脉中奔涌，旭日在心尖上勃动。乾坤里，我是不二的王者；宇宙间，我是无敌的英雄。我的疆土没有边界，我的战马所向披靡，我的仁慈和爱泽被一切。青春让我的每一寸肌肤燃烧，青春让我的每一根骨头如铁。在早晨回到青春，朝霞和旭日无限亢奋，天空和大地浩气升腾。

　　有人问我是否相信命运，我说当然相信。命运就是环境，命是先天的环境，运是后天的环境。生在王侯金府，还是贫民寒舍；生在不毛之地，还是富裕之乡，这种先天的环境，既不能选择，也难以改变。然后天环境却是可以改变的，能否改变，内因全在个人。王孙不屑可能变成贫民，贫民努力也可能过上好日子。

　　新住持问老僧：你是庙里的老人了，在工作岗位安排上

是否有什么个人要求？老僧答：没有，让我敲木鱼我就敲好木鱼，让我扫地我就扫好地，只要是力所能及的都没问题。虽然之前的历任住持都没问过我这个问题，他们要是问，我也是这个答案。每样工作都得有人干，住持安排谁干哪件事那是大局，我是来修行的，不能因为个人好恶影响大局。

世事如局，你在局中，再牛也不过是一粒棋子，既看不清局，也无所谓自主。有些人，看似平庸，却是跳出局外的高人，再大的局，在他们眼里也不过小小的棋盘。局中是小江湖，局外才是大乾坤。

不轻易承诺，是一种严谨；有诺必践，是一种操守。重诺守信是做人的底线，这条底线破了，人格就随之残缺了。

我承认自己渺小而卑微，但这不妨碍我有一颗太阳心。如果可以，我想用朝霞灿烂你们，用旭日温暖你们。我知道我能量不足，所以追随早晨，为自己一点一点储备光芒和热量。我希望今天收集的光热比昨天多一点，明天比今天又多一点，我愿意为此付出自己的一生。

不属于我的，分文不取；该我得的，当仁不让。我既不世俗，也不高尚，但不能不知道进退得失。进要进得有分寸，退要退得有格调。德不配位，得小失大，得之祸也；德若配位，虽失犹得，失之福也。

不要将一个言而无信的人的许诺放在心上，你明知这是一个空诺，永远不会兑现，为什么还要放在心上？也不要将一个恪守信用的人的诺言放在心上，你既然知道他有诺必践，该兑现诺言的时候一定会兑现，又有什么必要放在心上呢？

　　早晨看得开，晚上看不开，没有真看开；时而想得通，时而想不通，没有真想通；前脚放得下，后脚放不下，不是真放下。说是随缘，往往逆缘；嘴上随心，其实揪心。多数世人，都是如此吧？

# 不要总为自己的过失找借口

何时少言？何处止语？在有你没你都一样的场合少言；在自己尚未究竟的领域止语。需要你说话的时候，少言则孤高失群；需要你开口的地方，止语则缺乏担当。少言止语，乃是度的问题，关乎一个人的境界格局。

一个人总为自己的过失找借口，则过失必成这个人一生割不断的韭菜。

实诚人不多，所以要特别善待；守诺者稀缺，所以要格外珍惜。

良言如药，是说给愿意接受治疗的人的。对那些讳疾忌医的人，非要开口，送他们几句好听的话就好，免得吃力不讨好。

身边都是捧你的人，你迟早会摔；周围都是棒你的人，你难免受伤。这两种状态，都是人生的不堪，好在概率很小。多数时候，环绕你的，既有捧你的人，也有棒你的人，所以大可见怪不怪，别太在意别人的捧还是棒。你太在意，捧和棒就会变本加厉；你不在意，棒和捧便没有了市场。有需求的供给才有效，没需求的供给只能做无用功，在意就是需求，不在意就没需求。

今天的样子，是昨天就定好的。明天的样子，由今天来决定。你是什么样子，大半还是取决于自己，运气和命运都不过借口而已。

一粒种子攒在手里，永远没有发芽的机会。是种子，就将其播进泥土，发不发芽，那是种子自己的造化。

# 活得有趣很重要

匆忙的赶路人，生命中没有季节，人生里只有事务。我不喜欢快生活，或许有体重的原因，这理由很牵强，尘烟路上不乏胖子，我只不过比一般人壮实些罢了。步子慢下来，其实是想看云卷云舒，观斜阳落日，赏春花秋叶，就是做做白日梦，发发呆也是一种惬意啊。这一生时光已定，与其囫囵吞枣，不如慢慢咀嚼。

人生最大的幸福，就是找到生活的趣味。趣味就在那里，她没有分别心，在她眼里没有贫富贵贱，没有性别肤色的歧视，你只要找到她，她就会开开心心跟你走。趣味其实不在别处，就在我们的心中，被浮尘包裹，无论处在何种境遇之中，只要你愿意轻轻拂去浮尘，趣味都会将手递给你。

如果夜晚变得无限漫长，长过了我们的一生，那这个世界会是什么样子呢？我们又将怎样去面对黑暗？这种想法并

自我管理篇

不疯狂，因为有些人一生都生活在黑暗里。在黑暗中安然生活的人，不是他们习惯黑暗，而是心中有一道不灭的心光。

任何时候，都不要将宝压在别人身上，自己的事情自己做，自己的日子自己过。能够对你的生活和人生负责的，只有你自己，靠天，天可能会塌；靠地，地可能会陷。如果一定要找一座靠山，那就找自己，天下的靠山，没有一座绝对不会倒，靠而不倒的，唯有自己这座山。

从夜晚缠绵到天明，冬雨仿若爱恋的梦，又芬芳又青春。沿着雨路，奔向生命的旭日，让赤裸的身体披上朝霞的衣衫。人生原本就是一场雨，下在春天，落在冬天，都是一段与水相关的故事。作为故事的主人公，有人活得潮湿发霉，有人活出云水禅意。世上最浪漫且有趣的事，就是白发苍苍时，你最深爱的那个人愿意陪你一起看夕阳，唱情歌，吵吵架。

活在别人的看法里，挺累的；一点也不在乎别人的看法，挺难的。在别人的看法里活久了，越活越不真实！总是活在别人的看法之外，神仙也做不到。

我们可以活不成亲人的惊喜，但绝对没有权利活成亲人的烦恼。不要自寻烦恼，即使有烦恼也要学会自我消化。

拥有时知道珍惜，失去后懂得放下，一个人才能活出真正的自己。

精神养好，肚子吃饱，干活不累，少生烦恼。与人为善，诸恶不造，人生一日，自在逍遥。

# 促成机缘的是综合因素

有人抱怨说：我这么努力，做得也比别人好，为什么总是得不到机缘的垂青呢？其实，不少人都存在这样的困惑。为什么努力的人比不够努力的人、做得好的人比做得不够好的人，往往更能打动机缘呢？在我看来，这并不难理解，促成机缘的是综合因素，仅仅努力和做得好是不够的。

不曾经历黑暗的人，不会真正懂得光明的可贵。不曾经历坎坷的人，走再平坦的路也会叫累。

人如果太聪明，反而不容易开悟，因为太重的所知障，一层又一层捆绑了智慧，要解脱，很难。

师竹有节，学竹虚心，比竹柔韧。

有的人，干的是最脏的活，却衣着整洁；有的人，做的是轻巧事，却仪容邋遢。活不脏人，弄脏人的一定是人自己。

路上没有过不去的坎，世间没有解决不了的问题。遇到坎，别失过去的信心；碰到问题，要有直面的勇气。虽然我常常做不到，但一直用它来鼓励自己，回首这五十年的人生，无数难过的坎都过了，数不清的问题最终都解决了。

有些东西学不来，必须从自性里发现。找也许一辈子找不到，机缘凑巧的话，它会自然地呈现。有些现象，我们一生一世都搞不懂。其实人生苦短，不懂就不懂罢，不必理会。

机缘未到时，求也无益；时运爱你时，不求自来。遭遇困厄时，要自稳阵脚，一帆风顺时，要慈心待人。养成自我教育的习惯，每天时时温习，你会发现自己潜移默化就有了驾驭内外部环境的能力，在任何情况下都能微笑面对，泰然处之。

不是所有的事情都一定要做，不是所有的目标都一定要达成，时间的一切都离不开一个缘字，缘分到了，该做的事自然就做了，该达成的目标自然就达成。活在尘世，懂得顺其自然，能够处处随缘，人生就安详了。

# 最好的生活方式

早起，揭开一个新的日子，我看到的不是日历变薄，而是欣赏已有的人生变厚。那些翻过去的日子并未走远，而是被我一一收藏，每一页日子里都储存着旭日的灿烂，斜阳的静美，生活的味道，心灵的气息。为什么要浩叹时光的流去？若生命没有过成流水，就值得为被凝固的时光欢喜，那是这一生的丰碑。

生活和事业遇到不顺时，不要急着去想怎么才能顺，不如静下来，先让自己的心气顺一顺。心气顺了，思路就顺了，生活和事业的路就自然一点点看清了，看清了路再走，接下来的一切自自然然就顺了。

杂念一多，心就会乱；心若乱了，生活就容易出错。错乱的人生，缘于出错的生活；出错的生活，根子在纷乱的心念。譬如一大早醒来，你赖在床上想东想西，心没有一刻安宁，被窝冷了，心绪乱了，一天的生活这样开始，哪有不乱的。起来吧，静静地等日出，慢慢地你就热了。

生活就是不断撒网，虽不可能网网有鱼，但不花力气撒，肯定一无所获；人生如果没有根据地，一辈子只能做流寇。航船要是没有港湾，就注定永远在水上漂。

上山容易下山难。过惯了好日子，难以再过苦日子。生活最好要像上缓坡，别遭遇那种大起大落。你可以有高端的人生，别贪图高端的生活。

好习惯是养成的，养成于教育和自我教育；坏毛病是惯出来的，病因是放纵和自我放纵。

一个人在基本解决生存问题之后，才能随心所欲地做自己喜欢的事情。吃了上顿没下顿，心思都在稻粱谋上，哪还有余力做自己喜欢的事情。三餐无忧，衣食不缺，却为了虚幻的名利去做自己不喜欢的事情，非愚即痴。

生活中的极简主义和极奢主义，都不是好主意，凡事不可极端，生活也是如此。生活就是过日子，太刻意是对心灵的一种磨损，任何极端其实都是一种刻意。人世间最值得提倡的生活方式，应该是随遇而安地过日子。

一种自认为好的生活状态过习惯了，你就会沉迷其中，难以自拔。你的幸福和痛苦，你的安逸和恐惧均缘于此。精神思想上永不停步，世俗生活上容易满足，决定了你既是哲学的人，又是平庸的人。你在追索生命意义的同时，对他人的感受照顾不周；灵魂在飞翔的时候，常忘了带着自己的肉身一起飞。

# 懈怠的时候，逼自己一把

有些年轻人太活泛，活泛到你不敢信任；有些年轻人又太低调，低调到你都为他着急。前者机会多一些，但失去机会的概率也高；后者只要给他机会，他会做得很好，却很不容易获得机会。两者中和一下最好，太活泛的要懂得适当收敛，机会才不至于得而复失；太低调的要学会主动，才有可能把握和创造更多机会。

面对机会，有人说要不惜代价积极争取，我对一个争字的看法是：你有实力，无须争；你没实力，争也没用。适时把握才是上策。机会有时就像拼手气红包，见到就要抢，稍一犹豫，红包就进了别人的钱包，与你一分钱关系都没有了。抢是要抢的，前提是要认准那是红包，确定它不是陷阱。

是什么材料就做什么用，你是做栋梁的材料，当烧锅柴就可惜了；原本就是烧锅柴，非要去做顶梁柱，你也顶不起那个梁呀。人贵有自知之明，是什么就做什么，做好自己该做的，这一生才适得其所。

云在天上美如嫁衣，在地上就成一堆破棉絮。你是什么，就看你在哪里。

人生有数不清的烦恼，只有少数人被烦死了，多数人依然热爱人生。这是为何？因为人生除了烦恼，还有快乐。如果人生没有烦恼，也就无所谓快乐了，快乐和烦恼，其实是一体两面。人天生有化烦恼为快乐的能力，只是有些人或没有发现，或不懂运用这个能力而已。

快乐的人忘性大，什么烦恼的事情，过了就过了，犹如风中的云彩，一吹就散了；痛苦的人记性好，一切的不愉快总是搁在心里，仿佛淤泥一样，越积越深。

懈怠的时候，逼自己一把，逼出来的可能不仅仅是激情和创造；冒泡的时候，泼自己一瓢冷水，泼出的也可能不只是冷静和自省。有些人生的机会是逼出来的，有些人生的成就是冷水泼出来的。

# 生活的难题最终都会有答案

生活既厚道又促狭，偶尔会出一些难题，被考的对象不分老少贤愚。因此，每个人都可能遇到这样那样的生活难题，有的难题有解，有的难题一时无解，但不管什么样的难题，最终都会有答案。其实，解题本身并非生活出题的目的，在解题中考验一个人的定力，昭示世间的人情冷暖，才是生活出题的真意。

我们虽有一双眼睛，可惜只能向外看，无法向内看；我虽然有一张嘴巴，可惜除了吃饭也说是非；我们虽然有两个耳朵，可惜只喜听赞美不愿意听批评。是人就有局限性，要超越这个局限，你就得练就一副内视、内听和止语的本领。请每天用一点时间来沉默，来认真打量一下自己的内心，来静心倾听一会灵魂的声音。

肯将自己最脆弱一面展现给你的人，至少对你没有恶意，因为他没有将你当成对手和敌人。你要打倒这样的人很容易，甚至可以不费吹灰之力，但你若这么做了，你的格局也就同时坍塌了，真正打倒的不是对方，而是你自己。

人总是被生活绑架，要生要活，你就得满足生活提出的一切条件。问题是，你即使满足了所有的条件，依然不能被生活释放，因为生活总是欲壑难填，你满足了它前面的条件，它后面的条件又会加码。很少有人能够从生活的绑架中逃脱，绝大多数人都是逆来顺受，充其量偶尔来一次自由的意淫。

过去的已经过去，未来的还没有来，我的生活就在当下。明白这个道理之后，我不再计较任何与自己理想无关的东西，虽然也会喜怒哀乐，但从不让这些情绪在心中郁积，我会随时清空它们，给理想一个可以腾挪的空间。我的所谓理想，一点也不远大，就是获得尽量多的当下时间和自由，做自己喜欢做的事。

少小时学习，青春时奋斗，中年后淡泊，老年时回味。年轻不怕磨难，中年不缺吃喝，耄耋还很健康，这一生就算顺利。若还有幸亲近哲学和宗教，偶有闲情，得悟人生，稍稍自利利他，这一世岂不已经非常完美？

起得比鸡早，自然知道天是怎么亮的。世上所有的问题，都有现成的答案，找到找不到答案，就看是谁在找，找的时间和地点对不对。

# 走得通的路才是你的路

雨歇天晴的早晨，鸟儿们叫得格外欢。冬的味道渐浓，心中的花园芳香弥漫。岁月静好，时光欢悦，生命纯粹，仿若回归到无忧无虑的童稚年代。我清澈的心眸，映照旭日朝霞，洞穿前生来世。无喜无悲，没有惶恐和忧惧，一切与我相契，又一切与我无关。

醒来，要感恩岁月的仁慈。在大浪淘沙中你被留下，就要做一枚贝壳，跟随太阳一起灿烂。活着，不要只顾内心的欣喜。活着就要成长，成长不都是快乐，也有痛，唯有直面世间的一切，才能成就这一世人生。

一位渔夫在河里撒网，第一网是空的，第二网也是空的。渔夫正要撒第三网时，旁边看热闹的人急了：你这不是白费力气吗？说话间，网已经撒下去了。渔夫一边收网，一边说：我的网结得很好，也确信这河里有鱼，只要舍得花力气，就一定能够打到鱼。结果，这一网真的没有让渔夫失望。

小和尚私自下山，回来后怯懦地去见师父，等着挨骂。等了好久，师父没有骂他，连问都不问他一句。小和尚等急了，忍不住问道：师父，你怎么不问我下山去干什么了呢？师父说：你要是愿意说，何须我问？你要是不愿意说，我又何必问？

世上的路千万条，走得通的路才是你的路。走不通的，再多的路也等于没有路，再好的路都是最坏的路。路不重要，选好自己的路才重要。

没人批评你，不代表你永远正确；有人贬损你，不代表你一无是处。人要懂得自省，能够包容，不然就容易被外境所左右，活得摇摇摆摆，一忽儿不可一世，一忽儿战战兢兢。

人一旦局限在某种思维里，心界便随之越来越窄，生命就难以大开大合。当我们发现自己人生渐渐施展不开拳脚的时候，不妨转个身，调换一下思维频道，或许广阔的天地就在我们身后。

踏踏实实往前走，即使在没有路的地方也能走出一条属于自己的路。

# 受得起绽放，也经得住凋零

我心有敬畏，是因为知道自己无知。我喜欢和单纯的人在一起，是因为我没有处理周围复杂环境的能力。

一个人心坏了，行则被恶充满。恶极者，往往借善的面目出现，具有极大的欺骗性。世界原本有它的良心，但良心被这种人吃了；世界原本有秩序，但秩序被这种人搞乱了。

喷人不可怕，可怕的是蒙面喷人。喷人也要喷得有担当，不然，染污的不是被喷的人，弄脏的是喷人者自己的灵魂。面可以蒙，灵魂却蒙不住。

是鲜花，也是狗屎，原本如此。花可以灿烂，狗屎可以肥田，用对了姿态，便没有了高下贵贱之分。

世间的炎凉，从不厚此薄彼，只是不同的人，有着不同的感受。一树的花，可以与你无干，为什么不可以是为你而开？花本无意，人却有情，是以有了分别。

总有一些人讳疾忌医，总有一些人不可救药，这是他们这一世的缘分，不是你放弃悬壶济世的理由。患者有患者的想法，大夫有大夫的宿命。

　　莲花的又一称呼：水芙蓉。九华山的九座山峰，形似九朵莲花，诗人笔下的秀出九芙蓉，这九芙蓉指的就是九朵莲花。有莲花，当然就有莲蓬，有因哪能没有果。

　　世间花千种，我独爱芙蓉。

　　是花，受得起绽放，也经得住凋零。

　　冬日，早安，清溪河！细雨打湿的早晨有一种冷艳。心的热力，可以溶化人世间所有的坚冰，太阳，也会照旧升起。

# 为自己加个油，替自己喝个彩

早起，为自己加个油，替自己喝个彩，然后带着微笑启程，一路播撒阳光快乐、爱与上善。我们能够感知的早晨最多也就三万来个，三万来个旭日要好好收藏，三万来片朝霞要尽情灿烂，三万来首晨歌要开心地唱。弹好每一天的序曲，写好每一日的开篇，生活就是节奏优美音乐，人生便成百读不厌的美文。

在朝霞中与山灵水魄相伴，让身心变得通透而充满活力，是一件多么幸福的事情。趁红尘未醒，一切的机巧尚在远处，一个人尽享这透明的时光，我感到轻松而愉悦。

像鸟儿那样将曙光衔到你们的窗前，用旭日照亮你们的心灵，以爱和上善开启你们一天的生活。张开春的翅膀，亮出美的歌喉，我用歌唱和飞翔的方式，将美好的春天印入你们的微笑。是的，人生本苦，所以我们要快乐，而早晨就是欢快的引子，愉悦的序曲，让我们一起踏准晨歌的节奏。

一群小麻雀在窗外叽叽喳喳地叫，天被它们一点点叫亮，春被它们一寸一寸叫深。这些平时不起眼的麻雀，今天因为最早发声而被我格外关注，那些所谓的鸿鹄，也许在黎明时就已高飞，却与我没有一点关系。生命原本没有高低贵贱，众生皆可用不同的方式表达生命的平等，就像这些叫醒早晨的麻雀。

多少年前的某天，这个世界上曾经发生过一个故事。一个关于春天的故事，一个关于青春的故事，一个刚开始就注定结束的故事。那时候，故事的主人公他和她不知道，有些故事即使断断续续，也可以长长久久地讲下去；有些故事一旦讲断，就再也不可能继续，注定成为人生里的一场事故。

旭日是早晨的慈悲心，朝霞是早晨的愿力。晴朗或是阴雨的日子，我们看见还是看不见，早晨的慈悲心和愿力都在那里。对鸟鸣的一次倾听，对珠露的片刻凝眸，内心上上善和爱的点滴生发，都是旭日的升起，朝霞的灿烂。

怀揣感恩心开启新的一天，这一天便多有快乐，少有烦恼。相较于这个世界的给予，我们的一切付出其实都是微不足道的。

一志定乾坤

# 活得老，不如活得好

今日大寒，不过半月，春就要来了。寒到极致，就是回暖的节奏，所以不必绝望，要有信心，就像一朵莲花，总要开的。

曙色中，鸟儿清朗的歌声深入我的呼吸、血脉和骨髓，唤醒我内心的灿烂。灵魂里的那轮旭日，从未停止升起，青春的能量一再蓄积，等待一场喷薄的诗歌盛宴，朝霞全席的那种。光和热，爱与上善，从未懈怠，持续向春天迈进。那些羞涩的柳丝和油菜花，以一种无法言说的情愫，正躲在初春的某个角落向你召唤。

这世间，有人修福不修慧，有人修慧不修福，虽然都是修，却属偏修，注定修不来大成。凡修得大成者，必是福慧双修，不偏不废。

所谓修行，就是摧毁坏习气，建设好习惯。

　　失去方向感的时候，别忘了启用内心的瞭望台。活在世上的人，迷路不是问题，条条大路通罗马。最怕的是迷了心路，心路迷了，结果就是哪一路都走不通。

　　活得老，不如活得好。不能老而优雅，但求活而优质。入世出尘，两相自如。

　　已经到了知天命的年纪，可以死了，所以不怕活着。如果半辈子都活成鸡肋，以后再不活出点鸡肉的味道，就太对不起来这世上一遭了。

　　人生如码字，没有最美，只有更美。美到什么程度，就看你的眼界宽到什么程度，格局大到什么程度，品行高到什么程度。

　　晚饭后，一路走，一路欣赏池州这个江南城市的夜色，一路想些似是而非的心思。很享受这种独自的行走，步履快慢全由自己做主，不需要配合谁的节奏，也无须看谁的脸色，身心处在完全的自由状态。有时候，人群就是狭窄的囚牢，独处则是一次壮烈的越狱。

　　有些人支配别人的时间，有些人时间被别人支配。人的一生，实际上没有多少自己支配自己时间的自由。说你呢，其实你也不例外。

# 走得越远，走丢的人越多

傍晚清溪河边散步，遇到一位遛狗的老者，他遛的是一条体型巨大的导盲犬，据说导盲犬在犬类中温顺排名第二。这位老人与我在同一张公园椅上毗邻而坐，彼此自然而然地就有了搭讪。

交流中我发现这位老者对池州老城非常了解，说起老城的地理和人文掌故，如数家珍。搭讪是搭在陌生人之间的一座桥梁。

一切都顺理成章，一切都顺风顺水。心中没有我字当头，身外也没有个他字比较和嫉妒，一个人的心气就顺了。心气顺，样样顺。世上事，发生的同时就过去了。要是心里老是过不去，就没有一件事能够真正过得去。过得去，还是过不去，其实都是和你无关的事。

一时，我们走在前列，俨然引领者；一时，我们混迹其

自
我
管
理
篇

中，被大潮裹挟；一时，我们被落下，成为沙滩上的贝壳。一切看似偶然，其实必然；所有看似必然，其实偶然。所谓命运，不过如此。

人与人之间，缘分有深有浅，心光有明有暗，能量有大有小，磁场有强有弱。行走世间，你见到的人都是该见的，敬你还是慢你，爱你还是恨你，都必须见，都没法躲。你遇到的事都是注定要遇到的，直面还是逃避，你都绕不开，既如此，又何必那么费心费力地绕呢？不躲不绕，不紧不慢地走，也是一生。

要么过桥，要么过渡，要么游水，你老是沿着此岸跑，累死也到不了彼岸。没桥你就搭桥，没船你就找船，不会游水你就学。

将莲花种在每一个念头里，剩下的就不是我们的事情了。

走得越远，走丢的人越多。请珍惜那些已经被你走丢的人，请爱惜那些将被你走丢的人。有一天，你也会被走丢。

# 替他人着想，让别人舒服

淅淅沥沥的小雨，并未影响鸟儿们的热情，她们可着劲儿地赞美着这个新生的春日早晨，那种兴奋是发自内心的，没有任何矫情和功利色彩。这场小雨，同样没有影响我的心境，穿过雨的缝隙，云的迷茫，我仍然看见了旭日东升，朝霞喷涌。倘若认识了世界的无常，人身的难得，生命的稀有，灵魂的不灭，在你的眼里阴晴雨雪的气候，春夏秋冬的四季，生老病死的人生，其实都是如一的，没有这样那样的分别。

你有力气，为什么不可以奋起拼搏？不拼，你怎么知道自己会不会赢。自知力气不够，我也可以随遇而安，拿鸡蛋去碰石头，明知会输，为什么一定要碰。这个世界，从来就不是整齐划一的，每一种生活方式，都应该被尊重。

盛名未必是好事，无名未必就不好。不管盛名还是无名，活得不开心肯定就是坏事。名是虚的，名也是实的，困于盛名，纠结于无名，无论虚实都是空的，是竹篮打水一场空的空，是空空如也的空，与释家所说的空无涉。

用怜悯的心待人，世上少有不可谅解之人；以挑剔的眼光审己，才能不断自觉修正自己的品行。

弓不要拉满，事不要做绝，人情不要用尽，留一点回旋腾挪的空间，对你，对我，对大家都好。

你笃定，人们认为你偏执；你中庸，人们认为你圆滑。也许你要说，我沉默总可以吧，也不行，人们会认为你冷漠孤高。总之是，你怎么样，都难免被非议，一边儿说你好，一边儿说你坏，其实非常小概率。既然如此，不如一个不在乎，说自己心中最想说的话，做自己喜欢做的事，用自己感觉最舒服的姿势和这个世界相处。活好了，自己快乐；活坏了，自己负责，也不失为一种快意淋漓、洒脱自在。

替他人着想，让别人舒服，这是做人的最高享受。可惜的是，没有几个人真正做得到。

# 拼命争的，或许你并不需要

嘴比脑子快的人，大多愚痴，这样的人容易后悔，却死不认错。智者少言，并非口拙，而是不随便说话，所以智者才能不二过。想到这几句就写出来了，别对号入座哈，其实真正愚痴的人是我。

这个世界简单至极，就是两条鱼的事。任何一次复杂，肇事者都是人心。每一个当下，原本就刚刚好，为什么依旧贪婪地要？

拼命争的，其实你并不须要。为争而争，是做自己的奴隶。是你的迟早归你，无须争；不是你的在你手里最终也会失去，争有何益？

除了智慧德行，其他一切都是身外之物。既是身外之物，它们的归属你说了不算，你说了算的唯有这个当下。

不管前路如何，都要像水滴那样，带一颗清净心出发，走过的地方哪怕再干燥，都会因你而湿润。

我们看别人是戏，别人看我们也是戏。是观众也是演员，接受喝彩，也被喝倒彩。

一言益人，不必挂心；一言损人，必须反省。益人之言，如春雨润物；损人之言，若寒风过堂。以言益人不求报答，天必报之；以言损人必有果报，难逃天谴。

人的一生中，有很大一部分时间是在等待中消耗掉的。等待中其实有巨大商机，精明的商人能看到；等待中其实有别样人生，少数的智者最懂得。

被人误解时，一个人最难做到的就是不辩。谁能做到这个不辩，谁才是真正的智者。我们常常以为自己不笨，其实蠢得要命。

# 年轻时要放，中年后要收

人来世上一遭，非常偶然，你没有必要和这个攀那个比，更没有必要这里争那里夺。人会离去，这是必然，一生只有几万个日子，你再风光，你再富有，也换不来更多的日子。将属于自己的日子过安稳，将属于自己的一生过快乐，这才是生活的要义。

人生如果没有信仰，活着活着就迷茫了。我信仰太阳，活在阳光里，有方向，很踏实。原本在内，你却外寻，注定两手空空。目标要明确，方向不能错。

人生犹如作文，行所当行，止所当止；入世无非游历，乘兴而来，兴尽而归。活着只为求道，朝闻道，夕死可矣。

人活一世，要找准自己的坐标点。做事是横向标，做人是纵向标，做人的方式和做事的态度，决定着一个人人生坐标点的位置。

吾生有涯梦无涯，有梦才是好时光。人生倘若没有梦，生活怎会有想法？如若生活没想法，长命百岁也枉然。梦想是空中的鸟，是山上的树，是海里的鱼，是人心里的念想。

世上只有君子，没有伪君子，伪君子本来就不是君子；人间只有小人，没有假小人，假小人原本就不是小人。既不能借伪君子之名，给所有的真君子都扣上黑锅；也不能借假小人之名，给所有的真小人都进行开脱。

年轻时要放，中年后要收。放是为了将许多不可能变成可能，收是懂得许多可能其实不可能。这话是从人间烟火中总结出来的，深山里的人即使说也说不究竟，因为没有切肤的体会。

人最好不要拿自己的爱好当饭碗，爱好是精神层面的东西，一旦背上饭碗的负担，精神可能就不得不向物质投降。爱好如果能够轻轻松松地当饭碗，当然是一件惬意的事情，怕就怕爱好变不了饭碗，你却偏要拿爱好当饭碗，结果呢，要么饿肚皮，要么节操掉一地。

人生苦乐与贫富，无非一时的境遇不同。生命旅途中没有多少次花开花谢、叶茂和枯萎。拥有与得失间，如同一握清风，一捧流沙。无论身处何种境遇中，都并不重要，重要的是活得潇洒自如，不慌张，不彷徨，活出一世的从容与安详。

# 将这三种人请出你的生活圈子

人类的圈子多的是，适合你的，才是你的圈子。不小心闯到一个不适合的圈子，就好比两只鞋子穿错了脚，要多别扭有多别扭，要多难受有多难受。

世界那么大，神仙也关照不过来，何况凡夫！再说了，就算同是凡夫，也是物以类聚，人以群分，各人有各人适合的圈子。

有诺不践之人；极端自私之人；毫无敬畏之人。请将这三种人请出你的生活圈子。

一群人聚在一起，没心没肺，开心相处，不妨凑凑热闹；一群人拢在一起，钩心斗角，口是心非，奉劝早早远离。有时候我喜欢凑热闹，有时候我离群索居。

有些人相交多年，就是面和心不和，口是而心非。因此与人相处必须从心开始，否则就是巨大的冒险。

　　人与人之间，很多事情可看破不说破，要做到这一点，不容易。或出于厌恶，或出于表现，我们总是说破的时候多。殊不知，说破的其实是低层次的看破，约等于没有看破，若真正看破了，又怎么会说破呢？尤其是好朋友之间。

　　世上的路千万条，不管走在哪一条路上，遇到的不会都是你想见的人，一定也会遇到你不想见的人。因为不想见的人拒绝上路，那你就一定无路可走。别在意那些不想见的人，即使遇见也要拱拱手。要想着那些想见的人，不要让他们在你的生命中白白错过。

　　有些人你一见就很舒服，忍不住要多看一眼；有些人你一见就反感，避之唯恐不及。有些人你一见就很有感觉，心不由得就会为之一动；有些人你见了也等于没见，仿佛一片无关的云飘过。有人说这是缘分所致，有人说这是人与人之间微能量传递的原因，我觉得都有道理，但似乎又都无法全面地解释。

　　书，每天必看一页，茶，每天不少一杯，与我相交，从心开始。善解人意的女人最美，宽怀大度的男人最帅。

# 让生命安妥在每一个当下

老是一种姿势，不疲倦才怪，想比一般人舒适一点，就要时常变换看世界的角度。站着看一条河，你是磐石的姿势；躺着看一条河，你就是流淌的姿势。站着看一棵树，觉得自己很矮小；躺着看自己便有了广度。我们总是仰望天空，从不知道去俯视，其实只要换一种姿势，星空不在头顶而在脚下。

不是做所有的事情都需要被别人理解，譬如豆豆高兴的时候，喜欢将我的手含在嘴里假咬，豆豆这样做从不需要被理解，这是她表达快乐的一种本能需要。和豆豆的本能表达一样，我有时候也会做一些莫名其妙的事情，譬如空闲时到微信群里漫无目的地逛。平时小气得要命，却忽然心血来潮花大把的钱买书送人。

豆小嗲一天天长大，思想似乎没有小时候那么单纯了，我发现她思考问题的时候明显地比以前多。以前，我说，豆豆，咱吃饭了，她立马坐在地上等我去抱。现在，我说，豆豆，该吃饭啦，她会看看餐桌方向，再看看我，然后再选择是坐等我抱，还是无动于衷。豆小嗲明白我的语言越多，她选择的自主性也越强。

人若敬我，可能出于客气；人若恨我，一定是我有可恨之处。人若赞我，我没有什么可喜；人若骂我，我也没有什么可气。我不是佛陀，也不是基督，我不过大千世界里的一粒微尘，没有被彻彻底底地忽略，就值得大大地感恩。

哼哧了半辈子，如今回过头来看：原本可以不这么吃力的。下力气走路没有错，问题是，连抬头看路的力气全都下在了脚上，结果走了多少冤枉路自己都浑然不知。说是这样说，过往的一切，现在都只能当故事看了，就算让你回去再演一次，你就能肯定自己能演得好一点吗？或许演得更烂也未可知。

我们心里打着许多褶皱，今天我们躲在这个褶皱里，明天我们藏在那个褶皱里。有些事，前辈子没弄明白，这辈子也没弄明白，下辈子还是弄不明白。褶皱犹如如来的手掌，跳不出去，又怎么会弄得明白？其实，人生在世，不在于弄明白什么，而在于少犯糊涂。太精明的人容易犯糊涂，这是因为他们拿精明当明白了，人一旦自以为自己明白，就无可救药地糊涂了。

不明白，不糊涂，不慌乱，不惶恐，慢慢活，细细品，让生命安妥在每一个当下就好。

# 斩念断烟，你也可以做到

时光闪退，日子如飞。香烟，我来了个说断就断，近三年来，无数个当下，哪些个当下的念头是烟，我数不过来，也不记得了，快意的是，这么长时间以来，所有当下关于烟的念头，都是即起即灭，我从未让这些念头停顿过划燃一支火柴的时间。烟也是一种尘缘，戒是戒不掉的，唯有断，唯有决绝地了断。

行者好烟四十多年，期间戒烟十数次，戒烟时间最长的一次是三天。每次戒烟，都水深火热，烟瘾发时，涕泪交加，严重时心慌气短，感觉周身血液发烫。结果烟没戒掉，烟量却越戒越大，近十年来，烟量发展到每日三包，整个身体几乎成烟熏肉。

三年前的五月间，我去九华山后山翠峰寺访住持印刚，住持建议我每年抽出一点时间读经打坐，说是对我的身心和文学创作都有好处。我未加思索，欣然答应。

日子如飞，转眼到了当年五月底，我猛然想起对住持的承诺，不禁心生为难：读经连同打坐，每次需耗时七八十分钟。我总不能一边读经打坐一边抽烟吧，烟量大如我者，在这样的时长里至少要抽六根香烟。

为难之际，我灵光一闪：何不借兑现诺言自己断掉香烟？我可以不戒烟，为什么不可以试着斩念断烟？我若能斩断当下抽烟的念头，也许天长日久我就能断掉抽烟的坏习惯了。

主意一定，断然施行。当年六月一日零时零分，我开始践行每日三件事：读经、打坐、断烟。迄今近三年时间悄然过去，我每天坚持做这三件事，从未间断。也不知斩灭了多少个想抽烟的当下念头，渐渐地，香烟已经淡出了我的日常生活，不再是我生命的依赖。

相信没有多少人的烟瘾比我大，我都能断烟，谁人不可以？斩念断烟，及时斩断每一个当下想抽烟的念头，你也可以做到，试试看。

# 怎样才能做到心平气和

　　有人问我，怎么才能做到心平气和？我说，这个看起来很难做到的事情，其实最容易做到，不信你可以试试下面的方法：当下开始让自己安静三分钟，就三分钟；现在就做一次深呼吸，能做多深做多深；想想已经逝去的亲人们，尽量一辈一辈地往上想，看能想到哪一辈。每天重复一次，奇迹就发生了。

　　将梦想调到可以实现的高度，梦想才可爱；将目标定到可以达到的距离，目标才有魅力。梦想太高，也许好看，但那不是你的；目标太远，其实你也看不清，不脱靶才怪。没有万一可以实现的梦想，也没有万一可以抵达的目标，能实现和抵达的，一定是高度和距离刚刚好。

　　每个人有每个人的不得已，请多加理解，少问究竟；多些宽容，少些揣测。对待他人的不得已，不管别人怎么做，我们都要有自己的分寸和原则，因为我们也常会有自己的不得已。

我为结缘来到世间，不是为和谁结怨而来。基于此，与这个世界交往时，我始终抱着结缘的态度，从来不想跟任何人结怨。既然无意跟人结怨，万一不小心得罪了谁，激起对方心中的怨愤，那绝不是我有意为之。如果有这个万一，请及时指出来，我一定及时修正自己的行为，尽最大的努力消除你心中的不快。

心平气和是人生之福，亲近宗教也好，怡情山水也好，发展个人爱好也好，甚至深呼吸，抢红包，只要能够让你心气和顺，你的选择就是对的，就是好的，否则就是错的，不好的。

有人将没意思的事情做得有意义，有人将没意义的事情做得有意思。这两种人都是世间高人，遇上了值得追随。追随高人不是一件丑事，反而是美事一桩，可以随时随地向高人借智慧。借智慧不同于借钱，借来的智慧不仅可以据为己有，为己所用，还可以无本生息。久而久之，你一不小心或许也就成了高人。

人对工具越依赖，就越不能自主。面对镜头我就拘谨，看来还是我固执，离平常心十万八千里。忘我，忘我，还是忘我，下次拍照就念这三句咒语。

# 每一个相遇都是奇缘

　　这辈子一定会遇到两种人：一种是与你有累世的善缘的人，一种是与你有累世恶缘的人。前者是你生活中的贵人，后者是你生命里的孽障。你躲无可躲，也逃无可逃，所能做的，就是珍惜善缘，直面恶缘，用自己这一世的时光，增加善缘，化解恶缘。

　　随缘不逆缘，随意不刻意。能随缘者结善缘，能随意者常得意。

　　智者说，世间就是一座大舞台，人既要漂漂亮亮上台，也要漂漂亮亮下台。怎么才能做到？智者的答案：要找到自性。我这个凡人的理解：要迂回进取。

　　发心做的事情，就勉力而为。勉力不是勉强，成就一件事，既要倾力而为，更要顺时因势。抱定益世利他之心，做事便无挂碍羁绊，行所当行，住所当住。依靠大家，但绝不指望他人，结缘不攀缘，随缘不强求，化多大的缘，就做多大的道场。

揭穿心灵的真相，是为了这一世能够走出迷途，是为了下世脚踏莲花。今晚天上的星数不胜数，迷失的浩瀚星际，有几人知道自己身在何处？但一颗觉悟的心，能够容纳所有的星系，那数不胜数的繁星，不过就是成群结队的萤火虫而已。心灵被欲望包裹，即使一只小小的萤火虫，你也不认识！

待人以诚，做事用心，两者俱备，行世无愧。人海茫茫，每一个相遇都是奇缘，何以惜缘？以诚为先；事如沙数，得一事而做乃是福报，何以惜福？用心为要。惜缘惜福，才能缘长福久，一世安详。

人的一生中，大块的时间都是为色身所谋，只有那些零碎的时间才可以为真如所用。生命能否成就，就看你是否恰当地运用了那些零碎的时间。

偶尔给自己鼓个掌，你的优秀你知道。别人给不给掌声，你一定要在意吗？未必。活在自己的掌声中，比活在别人的掌声里更真实。别人给你的掌声有两种，一种是被你折服，一种是喝你倒彩。你如果都不屑于给自己掌声，别人给你的掌声或许不过是愚弄和嘲笑，只是你分不清而已。给自己鼓个掌吧，就现在！

自我管理篇

# 不要苛求他人完美

许多人过于追求完美，殊不知人世间只有残缺，残缺才是真实的美。维纳斯如果不残缺，她的美就会大打折扣。世上没有完美之物，容忍残缺你才能找到自己的安妥。自己既不完美，为什么要苛求他人完美？

世上没有心中无缺的人，你只有正视这绝对的缺，才能获得相对的完美。缺是一种向往和回味，可以偶尔为之，不能长久沉迷。别试图补缺，补了这里，那里又会缺，仿佛地壳运动，这里隆起，那里必然凹陷，你一生会因此陷入此起彼伏的无穷循环。不如将有限的时间和精力放到不缺的部分，将这部分做优秀。

我向你学习，不是为了变成你，因为学习而失去自我，这样的学习还有什么意义？值得我学习的是你的长项，而不是你的全部，因为你也没有那么完美无缺。我向你学习，更不是为了让你变成我，学到你的长项，加上我的长项，我会变得比你强大。即使比你强大，我也依然不完美，因为世上本没有完美。

没有十全十美的生活，更没有完美无缺的人生。生活的最大本领，是能将就；人生的最佳结局，是不后悔。对能将就的人，一定要懂得珍惜，倘若你让最能将就的人都无法再将就，他们必然会一去不回头，因为不后悔。与其为失去的纠结，不如学会将就，将就出现在你生命中的每一个人，不为别的，就为不后悔。

过分追求完美的人，往往将自己的一生过得支离破碎。先不要批评我下的这个结论偏颇，对照一下你身边那些过分追求完美的人，就知道我所言不虚。世界上根本没有一件事一个人一种东西堪称完美，月圆了月就要缺，花开了花就要谢，缘起了缘还会灭。为什么不善待残缺？其实残缺才是一种永恒的美。

各色人等，各自表演，浊者自浊，清者自清，世道原来就是一个局，一场戏。世界和人心都是混杂的，你可以不做小人，但注定避不开小人；你良善，但不要指望所有的人都是君子；追求完美没有错，但你得承认世上从来就没有完美。

# 宽容别人是对自己的放过

清晨的鸟鸣是朝霞的另一种形态，每个早起的人都是一轮旭日。在鸟鸣中早起，每天都很晴朗，你的世界里没有阴天。

用笑脸对待别人的为难，让为难你的人为难死。宽容别人，实际上是对自己的放过，为难你的人，说到底是放不过他自己。

人生就是不断结缘的过程，我希望大家这一生多结善缘，少遇恶缘，即使偶遇恶缘，也要努力在这一生将恶缘化解掉，否则，来世怎么能脚踏莲花，乘愿再来呢？

河水流速很快，没有磐石般的定力，就只能接受随波逐流的命运。人们可以嘲笑我冥顽不化，不化自有不化的理由。尘事小小的不快，不影响我心地的光明，听了，忍了，化了，笑了。了了无痕。

人与人之间外在的交流，靠的是声音、色彩、动作和触觉，内在的交流靠的则是心灵，只有外在而没有内在的交流，人与人之间很难真正地靠近。

被钓上来的鱼大都是自己上钩的，鱼自己上钩是出于对事物追逐的本能。只要食物存在，鱼永远都逃脱不了自己上钩的命运。人和鱼最大的区别，就是在本能之外，还有思维。你对一条鱼再怎么进行教育引导，再怎么严刑峻法，它依然靠本能活着。而人则不同，通过教育引导，通过法的规制，本能会得到一定的克制。

没事好惹事，有事又怕事；遇事不虑事，事来没主意；事前刚愎自用，事后文过饰非；做事盲目自信，错了破罐破摔。世上少有神仙，常人孰能无过？过而能改就好，前事不忘为师。立此存照，三省吾身；人生苦短，不经折腾。

甘露甜美，我有幸得尝，也希望大家有机会分享；悬崖危险，我恰好经历过，觉得应该给后来者提个醒。我的写作就是出于这种简单的善良，至于读到的人怎么看，那不是我的事情。还是出于简单的善良，我愿意承受自己文字带来的一切后果。点个赞，我欢喜；给差评，我也不会生气。

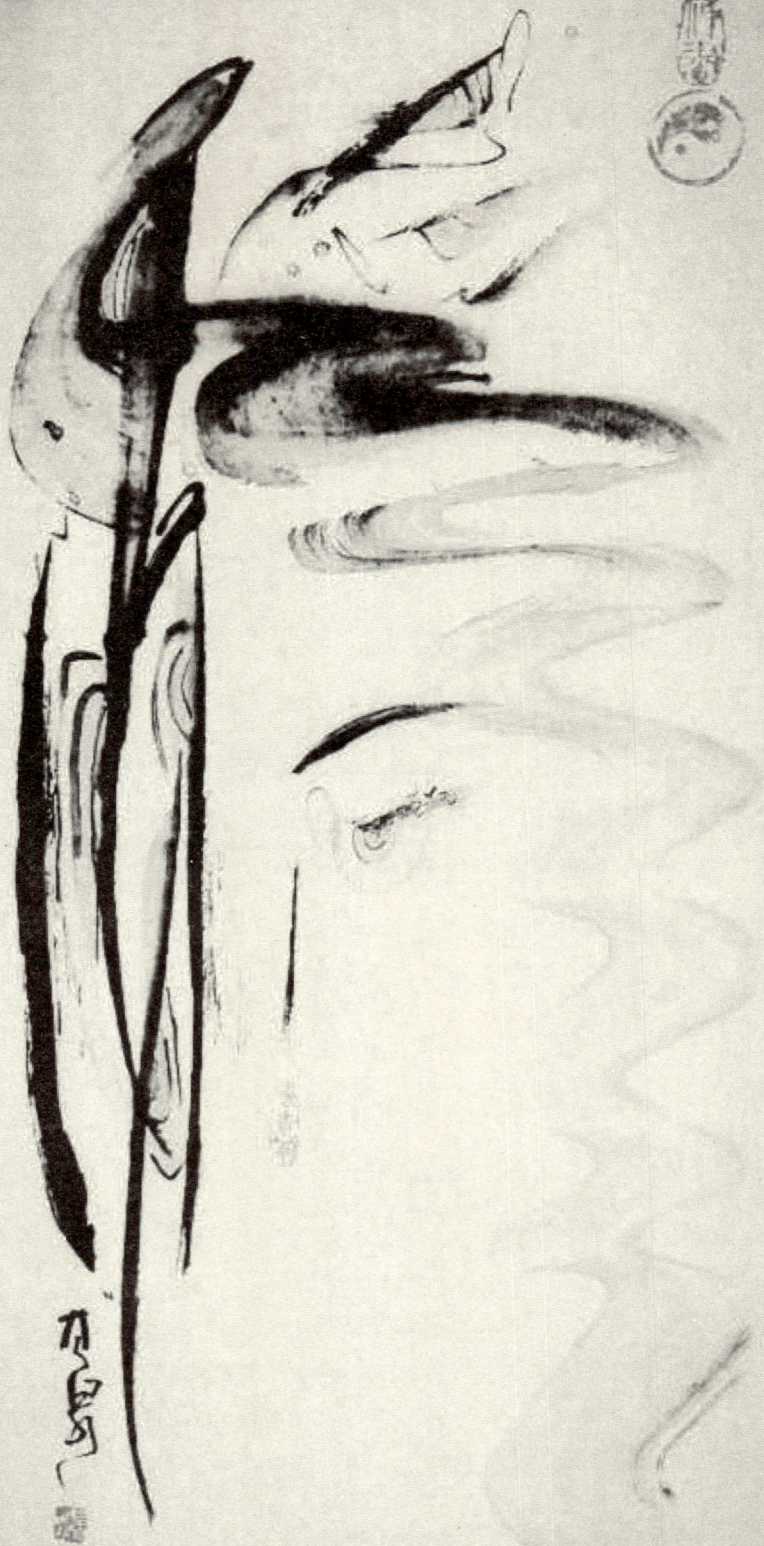

# 为吃过的苦干杯

免费的东西，往往都不太会被重视，这是因为得来太容易。虽然同样被忽视，但免费的东西却有着有益和有害、有用和无用的区别。一种免费的东西是有益有用的，譬如阳光、空气和水；一种免费的东西却是无用甚至有害的，譬如垃圾、毒草和噩梦。免费的不一定都是好东西，也不一定都是坏东西。

大事做不来，小事不屑做；小事不细心，大事没担当。这是许多人心比天高命比纸薄的根源所在，此根不挖，命运的枝叶怎么茂盛？不惹自己解决不了的大问题，安于自己力所能及的小事情，关照细节，尽量周全，哪怕事情最终没有做好，也不会心中留憾，万般纠结。最好的人生状态，就是在自己能做的事情上着力。

可以做没意义的事，但不能做没意思的事。可悲的是，

自我管理篇

我们常常做一些自认为有意义，实际上既没有意义也没有意思的事情。这句话说给我自己听，也说给有心人听。

人这辈就是为吃苦而来，该吃的苦，你躲也躲不掉，与其惴惴地躲，惶惶地逃，不如索性老老实实地吃。这辈子该吃的苦你吃了，下辈子该有的甜自然就少不了你的。吃苦也是修行，默默地吃苦，默默地修行，功夫到了，你也就成功了。吃苦之外，就是吃亏，吃掉该吃的亏，你就再也没有什么可亏了。

写作者有责任为自己的作者找潜在的读者，一个读者就是一面镜子，可以照出你作品的优劣，帮助你改进和提高。写作者要敢于为自己的作品代言，你写出的作品益世还是害人，第一责任人是你，敢于为自己的作品代言，就是敢于对自己写出的文字负责。

我所言说都是自己的一管之见，对或不对，我说了不算，所以你万一接触到它们时，请一定用你自己的生活去检验，觉得有益，你就拿去用，别跟我客气；觉得无用，你就丢掉，无须考虑我的面子。倘若觉得荒谬呢？你就直言批评，别担心我会跟你吵。

那晚，喝下最后一口苦咖啡，这辈子的苦也被我一饮而尽，剩下的再苦都是甜了。径直走向月桥，我以最邋遢的行装见你，哪怕等我的全是不屑，我也不会改变。我以有相见你，却希望你以无相见我，哪怕我的邋遢都是装的。那一晚，我开始相信，世间的有些注定不可思议。你就这样闯入我凌乱的世界，无可挽回地将我灭度。想说你是魔，你却是佛。

# 怎样对待那些与你作对的人

　　或问：应该怎样对待那些与你作对的人？我说，两个字：感谢。年轻时当代课教师，我想的就是怎么将课代好，然后有一天转个正，结果有人不让我这么想，我只好另谋生路。我能走到今天，要感谢生活的一次次作对。

　　是条河，你的责任就是流淌；是棵树，你的任务就是生长。至于流淌的姿势好不好看，成长的速度是快还是慢，那是天的事、地的事、神的事，独独不是河流和树的事。人家骂你还是赞你，跟你有毛关系吗？该流淌还是流淌，你不流淌，谁也无法替你流淌；该成长还是成长，你不成长，谁也不能代你成长。

　　我习惯在有限的时间和空间里，找到属于自己最大的自由，最舒适的姿势，最安妥的状态，最顺畅的呼吸。我需要但不强求外在的助缘，主动而且充分地用好每一点内力，不等待，不惶惑，不浪费。我所有呈现给这个世界的东西，每个人都同样拥有，且从来不缺，但不是每个人都有一颗自主、自由和自我满足的心。

有些事是为几十上百年后的人做，也许在现在的人看来吃力不讨好，那又怎么样呢？一个人获得为人类未来做事的机缘，那是造化的恩赐，不辜负就是最大的成功，至于被不被理解和接受，那都不叫个事。

我和你一样平凡，或许稍有不同的是，我一直不间断地说服自己接受这种平凡。我和你一样有野心，或许稍稍不同的是，我从来不把野心当信心，该放弃的时候就毫不犹豫地放弃。我和你一样愤世嫉俗，或许稍稍不同的是，我会常常自觉站在被我反对的一方立场想问题。

# 真正强大的人懂得示弱

活在世上，难免遇到这样那样的困扰，有些困扰出于自己的原因，有些困扰拜他人所赐。来自他人的困扰其实并不可怕，只要你心存正念，秉持大义，不怕一时丢面子，这些困扰自然也就算不得困扰了。麻烦的是来自自己内心的困扰，倘若不能跳出自己和检视、反思、修正自己，就永远走不出这种困扰。

能做的事情不指望别人，想做的事情量力而行，难做的事情别霸王硬上弓。能力不足的人，再愿意也帮不了你，能帮助到你的人又不一定愿意，因此起心做任何一件事情的时候，都先要量量自己的米缸里究竟有多少米，千万不要将宝押在别人的身上。

一世安详需要福报，安详一世需要智慧。人的福报来自布施，布施越多，福报越大；人的智慧，来自分享，分享越自觉，智慧就越高。时时记得布施，必得一世安详；处处乐于分享，就能安详一世。

心灵缺席了善美，生命便暗淡了光芒。旭日照不醒你，朝霞也给不了你灿烂。内心不亮的人，即使在阳光下，也是摸黑走路。生活再艰难，人间再复杂，都不是你放弃心灵善美的理由，请一定别让它在你的生命中缺席，否则，你的翅膀就会湿漉漉，再也无缘于晴朗的早晨和辽阔的天空。

人家说我一句好话，我心里美滋滋的；人家说我一句坏话，我心里就老大不快活。世上大多数人都是如此，我也不例外。然而，不间断的自我教育让我懂得，这其实是人性的弱点，我们的骄傲心和憎恨心就是这么慢慢养成的。骄傲心和憎恨心造成了我们的忐忑心，你老是忐忑，活得就不安生了。

真正强大的人，一定懂得示弱；真正锋利的尖刀，必须知道藏锋。你再强大，也难以敌过群力，不懂示弱的人，免不了处处树敌，树敌太多，你的强大就成了打倒自己的利器。这世上被打倒的大多是强大的人，钝口的往往都是利刃。你如果总是逞强，就一定不是真正强大的人，而是貌似强大的弱者。

谁的人生不被动？生也被动，活也被动，被动地进取，被动地消极，被动地爱恨情仇。一生的匆忙，看似主动，其实被动，为谁匆忙，为何奔命，答案在哪？多少人不是在追求人生的意义吗？被动的人生哪有什么意义！只有少数的智者，他们参透了生死，找到了活着的意思，因此化人生的被动为主动。

# 心灵教育篇

# 作为生命样本，你是唯一的

今晨有雨，起床后，我对书房的西窗而坐，安身在巨大的寂静里，忘却了时间，也忘却了我自己。此刻，我收回心神，在雨的缝隙里追踪鸟鸣，在光明里追寻朝霞旭日，从悠远的欢喜，回归到切肤的感动。世间没有林清平，云空万里，我得大自在；心中有了林清平，五蕴充满，我失平常心。雨还在下。

老熟人见面，让烟，我说断了；打牌，我说不会；劝酒，我说不喝。结果，熟人们很是惊愕：这还是人吗？一段实录，立此存照。

我这半辈子都活在自己的辛苦里，天地造化从不给我一点便宜占。我想占便宜，结果不仅没占到便宜，反而被占了便宜。四十岁之前，我不服气，几乎每天都为此生嗔恨心，看这个世界，觉得哪儿都面目可憎。四十岁之后，我想通

心灵教育篇

了，不再想着占便宜，凡事认认真真下功夫。结果呢，竟然不知不觉占了人生的大便宜。

一个写作者能够获得的最大回报，是读者的心灵回声。只要还有一个这样的读者，写作者就有一万个理由继续写下去。感谢那些读我的人，感恩那些读懂我的人。不管是成人还是孩子，你们都是和我灵魂相似的人，这辈子能用文字找到你们，是我最大的福报。

任何使人变得偏执和狭窄的思想都有问题，不是方向有问题，就是方法有问题。一种思想方向不对，无论采取什么正确的方法传播，都将以失败而告终；一种思想如果传播的方法不对头，方向再正确，也难以获得成功的结果。对人类思维而言，方向和方法同等重要。

世上啥事没有，是我脑筋有事。有个做红酒批发生意的商人跟我说，还是写书好，一本万利，赶明儿我也写本书。一过路的听见这番话，不禁感叹：卖红酒的少了一个竞争对手，傻子国里又多了一傻子。可不就是傻子，你原本写书就不是为了赚钱，人家偏不信，说你假；你要是承认写书就为了赚钱，人家又说你俗。

抽60支香烟，会对世界环境造成多大破坏？我今天少抽60支香烟，算不算一种自我救赎？从断烟至今，生活如常，日子照旧。抽烟是生命的姿势之一，不抽烟也是，我现在觉得后一种姿势更舒适。

你活成什么样子，都是既有人羡慕，也有人不屑。你做得再小心，都既有人满意，也有人不舒服。这是世界的本来面目，没有谁能够改变，就算释迦牟尼，就算基督，也是有信奉的，有不信奉的。不要活在别人的观感里，怎么舒坦你就怎么活；凭着一颗良心做事，该怎么做就怎么做。作为生命样本，你永远是唯一的。

# 多一点设身处地，少一点唯我独尊

有时候会感觉歇斯底里地累，一种声音在心的深处空洞地呐喊。周身的血脉和毛孔都是窒息的虚无，隐隐地疼痛，崩裂感不可遏止地蔓延，让整个身心碎成一地鸡毛。一些原本无关的灵魂荡来飘去，犹如挥之不去的噩梦。陷落在某个迷阵里，仿佛宿命般难以自拔。

人与人之间要光光相照，也就是说，人要点亮自己，分享光明，生命才有价值。多年来，我借朝阳燃烧生命，试图以爱和上善照亮自己和他人的灵魂，我做到了吗?作为凡人，要让点亮的生命不熄灭，就要永葆灵魂的爱和上善。

看不明的不看，听不懂的不听，厌恶世间的不平，纠结尘外的平等，是既没看明，也未听懂。有眼劲先看明白自己，有耳力先听懂自己，眼劲到哪一层，就看到哪一层；耳力听到哪一层，就听到哪一层。

看似悟了，实为迷了；以为得道，其实入魔。笑人痴傻，原是我愚不可及。对人指手画脚容易，对己剥皮抽筋很难。你的念头与他人无关，人家的行止自有其理由。人世原本就是赌场，赢就是赢，输就是输。

不知道有没有明天，却总是寄托于明天；不知道未来是好是坏，却总在等待明天。就是不在乎今天，不在意当下，不抓住此刻。一步之差，船就离岸了，离岸的船度不了我；一念犹豫，云就飘走了，飘走的云不再是我的闲看。我在想，他们任性的人生，胜过一切的蹉跎。

世上存在三种时空：对的；错的；不对不错的。快乐和烦恼由这三种时空而生而灭，不由人自主。我们被推来搡去，全由不自主造成，这与我们去烦恼求快乐的心很不一致。如何才能自主呢？我觉得只有一个办法，那就是傻一点，再傻一点。

你闲散着，他怨你不进取；你奋斗了，又怨你忽视他。人生的度，把握最难。

多一点设身处地，少一点唯我独尊，换个角度看他人，生命便多了宽容；换个角度看自己，人生就少了烦恼。

一轮朝阳，一杯晨露，一幅道心，一卷江南，阅读这山，欣赏这水，品味这活着的时光，好安妥。心的微笑，灵魂的善良，让每一念都是菩提馨香，慈悲极乐。像佛光那样安静，观想有缘人的欢喜；似莲花那般净洁，安详尘世间的众生。爱犹如天籁，奏响生命的旋律，拨动人生的曼妙，好喜悦！

# 早安幸福，收集正能量

　　早起，站在阳台上面向东方，任自己的神志一圈圈扩大，直至充满整个宇宙，那个叫我的物质不知不觉融化到光明里，与光明一体。当神志从无边无际、无始无终的时空收回来时，旭日和朝霞被纳入胸腔，通体温热透明，没有一点杂质，爱和上善的正能量被凝聚，又喷洒出去，再次充满宇宙。那感觉真好。

　　请不要吝啬你的赞美，也不要让你的赞美变得廉价。赞美要由衷，由衷的赞美是发于内心的枝叶，开在品格上的花朵。请不要滥用你的批评，也不要让你的批评变得浅薄，批评要客观。客观的批评传递的是一种公正，一种社会正能量。赞美要有度，批评须谨慎。

　　不懂感恩的人，犹可教化；以怨报德人，不可与友。将自己周围的灯都点亮，光光相照的结果是，自己不亮也会亮。吹熄周围所有的灯，只留下自己这孤独的一盏，灯下黑就不说了，你再亮，又亮给谁看呢？

亲近美好的事物，可以培育心的慈悲和善良，可以增长人的智慧和福报。晨光、鸟鸣、旭日、朝霞，以及草叶上的珠露、山水间的朝气，都是美好的，日复一日地亲近它们，我的身心获得的是最大的滋养。爱不停歇，上善高扬，生命中源源不断的正能量，因美好的早晨生发，拜美好的早晨所赐，感恩！

朝霞灿烂，我上善的心也灿烂；鸟儿歌唱，我蓬勃的生命也在歌唱。在无垠的天空大地间，我自由地吐纳，让肉身舒展，让灵魂张扬。在梦想和现实的结合部，我深情地微笑，用理智调整梦想的高度，用平和对待现实的艰难。换个视角看早晨，早晨依然晴朗；换种方式来问候，传递的仍是正能量。

你要跟别人平起平坐，就不能躺着；你要超越别人，就要有登到山顶的本领。

人生最大的快乐之一，就是和阳光的人一起做正能量的事。晴朗的早晨，我将这句话送给自己和一切有缘人。早安，诸位吉祥！

# 拥有一颗平常心

含着金钥匙出生的人，不一定高贵，因为金钱买不来优雅，贵族是文化基因造就的。如果一个人骨子里有优雅的文化基因承传，即使生在荒野丐群，有一天他们也会脱颖而出，一展高贵。穷小子怎么啦？朱元璋曾经是穷小子，李嘉诚也是。关键是，你的骨子里有什么。

我不比一只蚂蚁智慧，也不比一只蚂蚁高贵，所以我对一只蚂蚁都心生敬畏。想想你们对蚂蚁的态度，再想想你们对我的态度，我的心永远是坦然而安静的。当我懂得仰望一只蚂蚁的时候，我知道自己再也不会被任何东西打倒了，这是无法言喻的幸福。

当钱可以随便买到贵，权可以轻易换到贵的时候，世道就坏了。我这样说，是为了给大家提供一个观察世相的角度。

我用文字发掘善美的种子，种在人心里，希望每个人都成为一座幸福的花园。我用思想盗取智慧的星火，撒在人心里，希望每个人都成为一颗发光发热的太阳。这个世界有罪恶有黑暗，与其无力地诅咒它们，不如努力地点亮自己，理直气壮地扬善。人的企图心重了，智慧心就被遮蔽了。人的平常心失了，烦恼心就起了。

对大多数人而言，每个日子都是寻常日子。谁也不比谁杰出多少，所以行世处世，你只要一颗平常心就够了。

有人问我什么是平常心？我说，若你有权有钱，就学学让；若你没钱没权，就学学苦行僧。学，然后就知道什么是平常心了，不学，问再多都无益。

在无常的世界里，人最可宝贵的是保持一颗平常心，而不是非要追求原本就不存在的恒常。

企图心不除，你无法获得平常心；偷盗心不除，你无法获得平常心。平常心是原创，抄袭剽窃不来，平常心要靠自己的体悟。平常心不怕偷不怕抢，因为你偷抢去的，永远只有形没有神。

生命就是一口气，平常心就在一呼一吸之间。气入身体的深度，气出身体的长度，决定生命的高度。

做人无须太用心，不用心时就接近了平常心，不经意处往往有意义。平常心在任何时候任何地方，属于任何人和物件，缘分到了，它就自然呈现，你再刻意都是没有用的。有些人，相互之间很契合，平常心就在那个契合点上，只是许多人不知道罢了。

平常心无处不在，一茶一饭，一米一粥。生活哪能总是那么板着个脸，一副钟馗相？世上没有那么多鬼，时时刻刻等着你捉。不妨笑着面对日子，笑着笑着，你就欢欢喜喜修行了一生。

# 真正的父爱

你说父爱如山，我想问下：这是金山银山呢，还是说像山那样踏实，像山那样重？是金山银山的话，你就注定要做一辈子矿工；是靠山的话，你的身子骨就永远长不硬。要是跟山一样重，你不仅背不起来，还会被山压垮。不要轻言父爱如山，真正的父爱，就是一个男人看着你慢慢长大，你看着这个男人慢慢变老，不同的是，有时候用眼睛看，有时候用心在看。

发现没？许多人追求事业成功，目的只有一个，那就是做父亲，做人家的精神之父，譬如，马云被冠以电子商务教父；还有那谁谁，被称为微博营销教父。这之父，那之父，其实都不是父亲的角色，而是领袖。父亲只有一个角色，那就是儿女的父亲，那个对你来说多层面、非常矛盾的一个男人。

作为自然的人，我们要活出本能；作为社会的人，我们要活得理性。尊重本能，才能让生命张扬；能够理性，才能使世界安宁。在岁月的长河里，我们都是时间的人，一个人只有充分把握好本能时间和理性时间，才能活出人生的质量来。而实际上，我们不是压制了本能，是忘记了理性，结果活得非常凌乱。

世界那么大，我们那么小。我们看见的永远是冰山一角，我们懂得的永远是一点皮毛。你跟我不是同一视角，我们看到的和懂得的就一定不一样；我和你哪怕就算是同一视角，倘若专注点不一样，我们看到的和懂得的还是完全不同。正因为如此，所有我以外的人都值得我学习，学习越多，我自身拓展的世界就越大。

热闹还是冷清，都与你无关。大家都在借你的光，却没有一个人在乎你是否孤独。做路灯，看似高高在上，其实只是表面上的风光。

养足精神，早睡早起，生计不易，劳身劳心，要爱护自己一点。

夜晚，哪怕有一颗星星在天上，只要你愿意仰望，眼里就不会一片黑暗，心中就不缺光芒，再微弱的光芒也是光芒。倘若不懂得仰望，即使满天繁星，你的心中照样一片漆黑，不要让乌云遮住了心空的星星。

每个人来到世上其实都带着各自的使命，是这个使命在决定一个人的生活境遇和生存方式。不同的是，有些人被人间的花花世界所迷，忘却了自己的使命，到头来空手而归；

有些人则恪尽职守，为完成自己的使命，不畏世间的危途和困厄，虽千万人，吾往矣！孔子、老子和释迦牟尼等，都是不辱使命的人。

不胜酒力，但喜微醺。宠辱两忘，冷暖自知。

# 为生活化简，还心灵自由

这辈子我只做了两件事，一件事是为生计奔波，另一件事还是为生计奔波。我想活成山珍海味，结果却活成了一棵土白菜。今晚清溪河边快走，我有点心不在焉，甚至有过一瞬间的抱怨。我没有让抱怨的心念升起来，因为一旦任由它疯长，它没疯我就疯了。这一生就这样了，我接受这一切，并设法找到土白菜的快乐。

无奈到极致，反而洒脱；受压至极限，反而轻松。人是恒常世界中最无常的动物，一切痛苦和欣悦都来自无常。我们总是在下一刻否定上一刻，因而虚掷了所有的当下，因而迷失了自己。

活在红尘，行走世间，谁能保证自己的灵魂一尘不染？染是一定要染的，无非染的程度不同而已。既然难免要染，就不要怕，常洗洗就好。你要是有精神洁癖，岂不寸步难行？只要记得常常为灵魂保洁。就怕从不清洗扫除，那样你即使保护得再好，灵魂也一定邋里邋遢。

该删除的删除，该清空的清空，不带一点情绪垃圾入梦。垃圾就是垃圾，你没有那么多时间化腐朽为神奇，与其堆放在心里招惹蚊蝇，袭扰清梦，不如干干脆脆倒掉。

人的烦恼，来自欲望，来自心地的喧嚣。少一些欲望的烟云，让心地清净庄严，烦恼就是想袭扰我们，也无从下手。

为生活化简，让人生减重，还心灵自由。人最大的智慧，就是用看似消极的方式获取积极的人生。

你若是一粒慈悲的善种，即使在淤泥中也能活成一朵莲花。

大是大非问题上，一定要立场鲜明，心有定见。生活琐事上，不必斤斤计较，不妨常来点阿Q精神。有时阿Q精神即放下精神，放下的前提，是你心中有挂。倘若心无挂碍，你放什么放。时常清空，心里没有，自然放下。

不富不贫，没病没灾，能吃能睡，自由自在，如此一生，便是人间神仙。这样的神仙在慢生活的过去，比比皆是，在快节奏的当今，凤毛麟角。

# 诗歌敌不过岁月，远方并不是距离

年轻时写作我喜欢在文字上雕琢，如今码字我只捡顺手的码。一个很刻意，写出来的东西自己很满意，读到的人却大多不满意；一个漫不经心，码出的字自己不经意，却往往让遇见它的人很在意。世上的事情，刻意为之可能没有如意的结果；不经意去做，反而或许会有出人意料的收获。

有人以为我是专业作家，其实我不是，记者才是我吃饭的家什。虽然都是码字，但一个码的是生计，码什么，怎么码，我个人说了基本上不算。一个码的是心灵，码什么，怎么码，全由我随心所欲。大块的工作时间我码生计，零碎的空闲时间我码心灵，码生计我尽全力对得起薪酬，码心灵我信马由缰为善待自己。

我采取一切可能的方式，将陌生人变成我的读者，我相信他们中的许多人，都是和我灵魂相似的人，一定能够从我的作品中找到共鸣。我怀着善美之心和这个世界相处，希望找到同路人，我没有别的本事，唯一的特长就是写作，我希望用自己的作品搭建一座桥梁，让世上灵魂相似的人走到一起，相互取暖，共同前行。

微风摇曳枝头，仿佛诗意拂过我的心田，这个初夏的夜晚因之美丽而生动。思绪荡起涟漪，犹如柔风抚过的清溪，一些故人，一些往事，随波而来。我看见了那个来自茅草岗的毛头小伙，兀自吹着他的口琴，旋律里飘过一种渴望和忧伤。隔着悠长的岁月，我还认得他，他却不愿意认我，因为我不是他梦里的那个远方。

小时候，我希望大人不要那么莫测高深；成年后，我希望当官的能礼贤下士，有钱的不要看不起没钱的，有名的不要无视没名的。后来呢，我虽然既没有机会入仕，也没本事赚大钱，却渐渐也有了些生活阅历，到了准倚老卖老的年纪，但我从不会这么做。我知道，和人世间的清净平等相比，那点阅历啥都不算。

我坐在清溪河边看天空，看那年那月的我，看那颗清高的孤星，看那个不接地气的诗歌梦。我不会想到，那时的我，有一天夜晚会遇见今天的我；更不会想到，当下的我，就是那时我的诗与远方。诗歌敌不过岁月，远方并不是距离，诗歌就在脚下，远方永远在心里。早知道这一切，我就不会被一路荆棘弄得遍体鳞伤。

思想薄如蝉翼，在钢筋水泥的城市，在犹如扎花的灯光里，轻轻扇动。借清溪一弯流水，在杏花刚刚开过的村庄，接近生命的三次元。我不能在乎一杯茶的浓淡，喧嚣的音乐将广场舞跳成轮回。青春和诗歌，以及原初的野性，催开一朵朵合欢花。

# 愿你活在清静的安妥里

早起，对着旭日说：做一个向上的人；对着朝霞说：做一个灿烂的人；对着众生说：做一个善良有爱的人。然后开始我们一天的行程、生活和工作，还有什么样的人和事不能面对呢？活着，就做一个方向目标明确的人，就做一个携光带热的人，就做一个心怀慈悲和博爱的人。

新春大好时光，我喝了一小点红酒，晕晕乎乎的。走在阳光里，犹如跌进金色的棉堆，所有的触碰都是软绵绵的，一种坠落感无限地弥漫开来，我没有恐惧，却很安妥。灵魂生出无数对翅膀，在白云蓝天之间飞翔，生命如水般清澈。

午饭后，坐在阳台上晒新春的太阳，暖暖的、绵绵的，仿佛酒后的微酣。豆豆时而在阳台和客厅之间跑来跑去，时而依偎在我的脚前，祥和又温馨。难得的假日悠闲，惬意的午后时光，活在一种清净的安妥里，连浅浅的白日梦，都淡得像一幅江南的水墨画，安谧而温煦。

我们和外界的一切联系，无非一个缘字，缘起缘灭，结缘了缘，缘缘不绝，缠缠绵绵。我们和自己的所有联系，就是一个性字。性空空性，明心见性，不二妙有，如如真心。所以人的一生，就是随缘，就是随性，随缘随性的一生，才是福慧充满的人生。

每个人都有权利找一个最舒适的姿势活着，但前提是，你的舒适不能让别人不舒服。当下，睡觉是我活着的最舒适的姿势，也许会做梦，但绝不影响别人做梦。

人有权利活得张扬，但尽量不要活得张牙舞爪。张扬的也许是个性，张牙舞爪就有点不知天高地厚了。尽管如此，我个人还是比较倾向外在的内敛，内心的张扬。

不管选择什么样的生活和人生方式，只要不危害他人，自己又感到爽，那就是最好的方式。当总统和当乞丐，其实是一回事，只是你没有经历而已。

你想活成一座火山，结果可能活成一包受潮的火柴。火山毕竟少之又少，能让属于自己的这包火柴保持干燥，就已经很了不起。愿你活在一种清净的安妥里。

# 妄心喜欢凑热闹，真心才能守清静

一成不变的生活容易让人乏味，因此生活也需要调味品。为生活调味的佐料俯拾即是，所不同的是有的对健康有害，譬如赌博、色情、暴力等低俗的情趣；有的对身心有益，譬如读书、旅游等业余的爱好。

没有微信，能否生活得下去？答案是能。没有微博，能否生活得下去？答案也是能。人活着，需要各种工具，却从不会为某种工具而活，微信也好，微博也罢，都不过工具而已，有或者没有，其实并无大碍。

既然是工具，没有了这个工具，自然有另外的工具替代。譬如，此刻，微信工具不好用，无法用它来收藏零碎时间，我就顺手拿一本书，这也是很好的捡拾零碎时间的工具。

一个人看云卷云舒，三两友海阔天空茶叙，甚或早起观日黄、夜冥思都是一种生活调味。

有时候，可以哪都不去，就在城市周边瞎逛，让疲惫和不适的身体好好放松下。一个人看山，一个人看水，一个人喝茶，一个人品红酒，偶尔会来一杯原汁原味的苦咖啡。给我假期，我就用来闲适，享受自己喜欢的方式。

这世界没有最热闹，只有更热闹，妄心喜欢凑热闹，真心才能守清静。

江南的天气有点冷，我加了些衣服，有一种不适应的羁绊，仿佛一下子少了许多自由。说老实话，我虽然有许多事情不得不做，但这个大半天却是荒废的，晚上又得费电耕作落下的荒地。道行很浅的我，容易被外境所扰，又常常被心绪所困。

细想想，我的大部分时间都在做闲事，之所以说它闲，是因为我从这些事中实在找不到自我价值，仅仅为糊口而不得不去做。别笑话我，其实谁都跟我差不多，忙忙碌碌做的都是毫无自我价值的闲事。可笑在于，许多人将这些闲事，都当成了人生的正事。

# 幸福的另一种诠释

生而为人，就要追求幸福人生，这是我们的执着，但执着不是偏执，一偏执就会离追求的幸福越来越远。

有些人往往因为一时的烦恼，忽视长久的快乐；因为偶尔的不幸，忽视一生的幸福。要获得安详圆满的人生，就要懂得并学会谅解和宽容。

用晴朗干净的心情面对这个世界，你的眼里就没有阴毒龌龊的人和事，能够坚持不懈这样做的人是幸福而安详的，因为极少被负能量熏习，他们不会忘记初心，永远保持赤子般的情怀。

幸福是有颜色的，水的颜色；幸福也是有味道的，水的味道。水的颜色就是无色，无色才是绝色；水的味道就是没有味道，无味就是真味。人之所以痛苦，是因为眼里的五颜六色，口中的五味俱全，心中的名闻利养。

我知道改变一个顽固的习惯很难，但既然是习惯，别人能改变，我为什么就不能？用余生真切地享受不抽烟的乐趣，也是幸福一种啊。

感恩是人生快乐的起始点和加油站，这一身难得，这一世短暂，唯有获得真正的快乐，才能拥有幸福人生。

有点闲散时光，我宁愿跟不会说话的豆豆在一起。清溪河公园的这处小岛，除了一个钓鱼的，就我和豆豆。冬日暖阳透过光秃秃的枝丫照下来，有一种惬意的慵懒，公路上车流的噪音成为另一种静谧。这是别人无法剥夺的幸福，我因为这种幸福而满足。

人要获得幸福安详的人生，内心必须柔和。内心不柔和的人，生命总是处在惶恐和动荡之中。内心是否柔和，一方面取决于天生的禀赋，一方面受到外在环境的影响。

人需要满足，今天累积的福报比昨天多一点，今天活得比昨天更加长寿。还有呢，今天比昨天有见识，今天也比昨天更智慧。知足了，才能感受幸福；知足了，才能达致内心安详。

幸福就是一个平和的心态，幸福就是享受安详的一生，幸福就是获得一种圆满的觉悟。觉悟的人，心态自然平和；心态平和的人，即使面临逆境，也会遇难成祥。

# 再小的房子，也能住下一生

我黎明即起，不为别的，就为对早晨的向往。黎明之后就是天亮，看看天怎么亮，跟旭日学习成长，是我生命中最惬意的事情。人生的过程就是天亮的过程，就是日出的过程，就是成长的过程，这样的过程，不容忽略，值得分享。

人为什么只有前眼，没有后眼？答案很简单，就是教人要向前看，不要向后看。非要向后看的话，就必须懂得回头。

多数人的一生，百分之九十的时间都在做无用的事情，花在有用事情上的时间少之又少。但若不花时间做那些无用的事情，你可能一件有用的事情都做不成。世上没有一件无用的事情，同一件事情，对这些人无用，对那些人可能正好有用。因此人不要老为做无用的事情自责，也不值得为做有用的事情欢喜。

鸟声喧哗，鸟鸣欢悦。这个早晨，我从一种声音里听出了两种味道，世界原本就是多味的。我泡上一壶红茶，静品自己的味道，每个人都有自己热爱的味道。既正儿八经，又不缺闲情，才是真正的生命和人生美味。

世上的荣华富贵，不过是过眼的云烟，台上的戏服，留不住。内心的格局气度，乃是天上的日月，地上的山川，可永恒。

这世上的一切，皆是道具，谁人可以占有？你拥有过，就该知足，你不知足，必将痛苦。所有的道具都是共有的，你用，别人也要用。再小的房子，也能住下一生；再大的别墅，最终都会易主。

小时候无知，看天是一口倒扣的大锅，生怕它什么时候会塌下来。长大后终于知道，天其实不会塌，即使塌下来也由高个人顶着，好在我拼命才长了个中等个头。

高速穿行在江南的春天，时间跑赢了距离，闲适输给了匆忙。

# 真正的生命炼金术

比别人分量重的时候，看轻自己一点；比别人分量轻的时候，看重自己一点。前一种情形下，看重自己，自己会失重；后一种情形下，看重自己，自己就不轻。

人生的真谛就是拥有一颗清净心，生命的真相就是拥有一颗光明心，清净心和光明心都是平常心。人一生中会遇到这样那样的问题，人自己本身也是一个问题，这些问题直接呈现为世道人心。我给出的建议是：自我教育。

人的死亡，往往不是死在生理上，而是死在心理上。恐惧死亡，往往死得快；不怕死，往往不会死。是人就逃不脱生老病死，这四样，只有一样被人乐见，那就是生，剩下的就是怕老、怕病、怕死，三个怕对一个乐见，你说人生是不是苦海？要度过人生的苦海，你得正视后面三个字，你正视了，它们就不敢有小动作。

做好分内事，做个本分人。知道什么是自己的，什么不是自己的，是自己的当仁不让，不是自己的决定不取。为人可以什么都不图，活得心安就好。心若不安，人生就过得慌张，人一慌张，就是给你天下最美的美味，你也品不出；给你天下最美的美色，你也看不见。

莫将他人向坏处想，别让自己往恶处做，每个人都以此为底线，这世界就太平了。他人是什么人你可能不了解，你自己是什么人你还能不知道？

这世界处处都是高人，由不得你不承认自己矮。虽然不好意思仰望，却从来没有停止过仰望的冲动。其实仰望高人并非什么丑事，关键是，我们为什么仰望，又是怎样仰望的。以嫉妒的心仰望，除了痛苦，我们无法超越；以欣赏的心仰望，我们方能在学习中成长。矮不可怕，只要还在成长，就有希望一点点高起来。

度过了一个闲散的周末。我忽然明白：闲散才是真正的生命炼金术。如果没有心的闲散，一切劳形的努力都是无用功。你再努力，得到的无非人生的原矿。没有闲散，不能成金，一堆原矿的价值便极其有限。你懂闲散吗？你会闲散吗？你有过闲散吗？

# 人生没有草稿，不等于人生可以潦草

50岁之前的人生，是进取篇，谋篇布局难免不够精致，文字也可能有些潦草。50岁之后，是修订篇和加强篇，要字斟句酌，不必再那样匆忙。人生就是一篇文章，是不是力作，不仅要有一个像样的草稿，更要有一个扎实的定稿。即使是文章高手，也难免会有疏漏，花一点时间校读，交出的定稿才能少留败笔。

一个人不能同时走两条路，哪一条路都不肯放弃，你就无路可走。人生如棋。走，可能出活棋；不走，注定就是死棋。

实际生活永远不是我们自己设想的那个样子，正因为总是走样，我们才能收获生活中意外的惊喜。

不是地点不对，就是时间误差；不是机会错过，就是缘分擦肩，世上最难遇的，就是一切都刚刚好。既然难遇，既然稀缺，幸运蛋就大有可能不会砸到你头上，为此不开心岂不是自寻烦恼。

每个日子都是绝版，每种人生都是孤本，能够复制的无非名利，可以流传的唯有思想。日子轻易放过，人生过于潦草，名利过分追逐，思想荒草丛生，乃是对生命的虚掷。

人是一切问题的根源，人也是解决所有问题的钥匙。每个人其实都是问题人，同时又都是解决问题的人。

当一个人开始肆无忌惮地坚持做与自己性格相悖的事情时，这个人其实已经在试图改变并突破自己。人生的意味就在于不断突破生命和生活局限，最终在正向上达到一个比一个更高的层面。

生活在世俗社会中，你不能入乡随俗，往往就无路可走。君子随俗不低俗，他们做人就像一篇优美的散文，形散神不散。

选定一条路，就迈开脚步走下去，不管这条路通向哪里，你只要用心走，就能走出意味，走出自己的别样人生。别人怎么说你不重要，重要的是你自己的感觉，感觉对了就品赏对的意味，感觉错了就接受错的意味。人生要的其实不多，有意味就好，就生命而言，意味胜于意义。

人生没有草稿，不等于人生可以潦草。即使蒲公英般渺小卑微，也要在多彩的天空中飞翔，也要在彩虹下的大地生根。就这样，当然就这样了。

# 观想什么，追逐什么，你就是什么

一个人在拼命求解脱的时候，其实是在拼命地捆绑自己。你不自缚，何需解脱？你不自缚，谁能缚你？人为什么喜欢自缚呢？因为绳子太诱人了，名是一条诱人的绳子，利是一条诱人的绳子，色也是一条诱人的绳子，这些个绳子摆在面前，能不抢来自缚的，这世上能有几人？

当下快乐，才是真快乐；当下痛苦，就是真痛苦。人家问我为什么断烟？我说，无他，因为抽烟的每一个当下，已经于我都是痛苦。嘴唇干裂，舌根发苦，喉咙发痛，胸口发闷，凡此种种，都是抽烟即时感受，是不是苦不堪言？

偷闲的时候，这是我常用的坐姿，舒坦、安静，感觉与自然融为一体。应无所往，而生其心。

利益大家的事情，即使被误解也值得做，图的是心安。安心即是平常心，心安处，便是极乐国。

天赋不够，勤奋有余；才力有限，坚持有余；灵气不足，真诚有余；勤能补拙，熟能生巧；贵在坚持，持之以恒。

一个人最大的愚痴就是不能控制自己的食欲。

身体和心灵需要双解脱，天塌下来是天的事情，地陷下去是地的事情，轮不到你为之心慌意乱。

没有名利心，一件可做可不做的事情也许根本就不会开始；不去名利心，一件可做可不做的事情必定无法可持续。从名利心开始，用去名利心持续，你才能觉悟，才会利他。如此，你那颗烦恼心，自然就会修成菩提心。

观想一朵莲花，你就是莲花；追逐一片云，你就是云。观想什么，追逐什么，你就是什么。

# 人有时候要跟自己较较劲

　　今晨的鸟鸣充满青春的能量，我被深深感动，在时空的另一个维度上，我被一朵正在盛开的花儿引领，向光的深处飞翔。上善和爱在心中扎根，慈悲和欢喜长成绿荫，一种无法言喻的欢悦结成旭日，仿佛一枚灿烂的生命之果。

　　每个人的小善，集聚起来，就是这个世界的大善；每个人的小快乐，叠加起来就是人世间的大快乐。小善小快乐了不起，小善小快乐最珍贵，别忽略了。

　　人有时候要跟自己较较劲，不然容易出现生命疲倦。但绝不能一味地较劲，否则必然造成生命磨损。我匍匐，是为了吮吸大地的营养；我仰望，是为了承接日月的精华。千万年我只一瞬，不能白白闪过；万千人我是唯一，要有独立风骚。

　　你要么在鸡群做鸡，要么入鹤族当鹤。鸡进鹤族，难免自卑；鹤立鸡群，注定孤独。如果不幸鸡进鹤族，你可以设法让自己变成鹤；倘若不幸鹤立鸡群，你则要练就享受孤独的本事。

高处不一定是好处，如果那个高处都是些与你不相契的人，即使你到了高处，也是高处不胜寒啊。心在高处就够了，人在低处其实无妨，因为只要心的格调不低，你一样在高处啊，这样的高处，才是对你有益无害的好处。

上天要成就一个人，往往不仅要用苦难来磨炼这个人的意志，而且一定要用欺侮来涵养这个人忍辱的心。一个人只有兼而有之坚硬的意志和柔软的心灵，才算得上真人。

我知你前生，但不了解你的今世；熟悉你的现在，我对你的未来却很陌生。作为记录者，我只对下笔的每一个当下负责，不增不减，不净不垢，不臧不否。

说放下，其实放不下。真的放下了，说则多余，犹如道。还是向前看吧，过往怎么样其实都不重要了，时间不会回头给你评理的。

转眼已成他年，今天即将过往，时间看似冷漠，实则极为公正。总统和平民，富人和乞丐，在时光那里不分高下，一律平等。

# 世上没有一扇门能关住你

没有早，也没有晚，是名早晚而已。我的所谓早起，乃是追随太阳的脚步而已。在无始无终的生命历程之中，此刻不过是人世的一次路过，不过是通往大光明旅途的一段旅程。与太阳结伴，收藏朝霞和旭日，是为了有一天自己也成为一个发光体，在大光明的世界里，光光相照。

从未发生，实际上是不可能的，不发生，怎么会有我们这身皮囊？从未消失，事实上也是不可能的，人生不过百年，终会化成泥土。要怎么样才能不生不灭呢？个人以为，以不生不灭的心看待生灭，自然就不生也不灭了。人生是一个过程，生灭是一念心动。实际往往并不实际，事实常常和真相无关，如此而已。

早起，我盘坐在地球的某个地方，以宗教般虔诚之心，迎候太阳。太阳是我的善缘，太阳是我的宗师，我每天早起，是为了向太阳学习，做一个像太阳那样光明磊落的人。

好心情从早晨开始，好运气从早晨开启。今晨我盘坐在无边的安谧中，竟然真的有那么一两个瞬间忘记身心。时间尽管短暂，也算有些微的进步吧。

心门一旦开了，世上便没有一扇门能关住你。身体再自由，都是有限的；唯思想的自由，可以遍及虚空法界。所谓的三千大千世界，对自由的心来说，与一粒微尘无异。这个凌晨，我盘坐在思想里，摆脱了一切羁绊，进入另一种安定。

# 人世间有多少冷漠，就有多少善良

有钱真好，有钱好办事，有钱可以选择生活，没钱只能被生活选择。这个道理谁都懂，关键是怎么才能有钱，你不能啥钱都要。靠自己勤劳的双手，靠自己正道的本领，你来钱再多，都没人有资格说三道四。有道之钱不挣，那是假清高；从歪门邪道来的钱，就要另当别论了。人们仇富，仇的不是富，是巧取豪夺的富。

人一辈子，好活赖活都是活，早死晚死都要死，这是事实，但不是真相。活一场其实不容易，活不出滋味岂不可惜？死未必就是真死，这一世逃避的，下一世不一定逃得掉，与其下一世继续，不如这一世面对。活就认真地活，活得怎么样我都不后悔。这一世无悔，下一世无愧，有没有轮回就都不在意了。

多一个人喜欢你，比多一个人讨厌你好；多一个人爱你，比多一个人恨你好。爱和喜欢是心田的营养，恨和讨厌是情绪的毒素。喜欢和被喜欢，爱和被爱，都是一种福报；讨厌和被讨厌，恨和被恨，都是一种孽债。珍惜点滴福报，化解所有孽债，活着才有滋味。

我爱众生，众生却不爱我，这是为何？小和尚问师父。师父说，那是因为你一直待在庙里。小和尚不解：师父你不也一直在庙里吗？为什么众生那么爱你？师父说，师父人在庙里，心在众生。你明白了这个道理，众生也会一样爱你。

人世间有多少冷漠，就有多少善良。正因为对冷漠的理由表示理解，对善良的无理由表示感恩，许多人对这个世界才没有失去信心。对弱者的同情，对苦难的悲悯是人性的一部分，有些人之所以表现冷漠，是因为这个社会伪善和欺骗的存在；有些人之所以不吝啬善良，是因为内心的慈悲和勇敢。

风很大，雨零星，温度降。这样的天气，并未影响我内心旭日的习惯性升起。依然是4:18左右醒来，依然是一小时左右盘坐，依然要将爱和上善的早安问候送给大家。这些，已经融入我的生活方式，成为组成我生命和人生的一部分。开心喜悦，何其安详！

# 文字是心境的告密者

　　人家问我为什么总是早起，我说我是属太阳的，该升起时候，就一定要升起，不然天怎么会亮呢？别误会，这样说的意思是，我是自己的太阳，我不升起，我的天就不会亮。除了我自己，没有人能够照亮我的天空，每天早起，是为了积蓄朝霞旭日的能量，让自己成为自己的太阳。

　　可以在某个有假期的节日，你哪都不去，就在每天生活的周边瞎逛，让疲惫和不适的身体好好放松下。一个人看山，一个人看水，一个人喝茶，一个人品红酒，偶尔会来一杯原汁原味的苦咖啡。给我假期，我就用来闲适，享受自己喜欢的生活方式。

　　人生就是一场偶遇。凡所遇见，即使看似偶然，其实都是必然。何以如此？全因两个字：因果。

　　安详一世，便是幸福人生。积小悟而成大觉，小悟可以靠自己，也可以参考他人，大觉则是自己的事情，神仙也帮不了忙。

就算是救苦救难的菩萨，被人骂也在所难免。哪怕是万能的上帝，都有人不喜欢。何况你又不是菩萨或上帝，被人骂，被人不喜欢，实在太正常不过了。

水涨船高，人抬人高。混在名利场，重要的不是你多么有才，而是有没有人抬。大凡在名利场混得风生水起的，混的都是人缘。你没人缘，再高的才，都是一把烧锅柴。

文字是心境的告密者，你快乐还是痛苦，阳光还是阴暗，都会不同程度地暴露在文字中，阅读者可以通过这些文字洞悉你的情绪。这是题外话。

心大了，人就越活越舒展；心小了，人就越活越萎缩。人活着，是心活着，心决定着一个人活法。

你要么设法让自己足够强大，变成一艘巨舰。要么你承认自己是只小舢板，风浪来临时，只能接受灭顶的命运。

附录:读者之声

# 读林清平文字，可以为人生加分

@吴睿：读林清平老师的文字，如品一杯香茗，沁人心脾，神清气爽。林老师的睿智哲思能帮我们拓宽思想的视野，打开心灵的格局，甚至还可以安放灵魂……读林老师的文字，能读出清气，读出高尚，读出欢愉，读出幸福！

@滴答滴答：读清平的文章，仿佛是在春天里去拜访一朵花，当你鼻尖碰到花瓣，瞬间，也造化成一朵花，在花的队伍里，在春风里美美地摇呀摇；又好像是在冬天里去接近一堆篝火，先是被温暖被照亮，再后，就也学着变成一根柴，爆裂出火花，去温暖同行的人，试着照亮四周的天地……

@方改娥：众多读者通过读林清平的书改善了生活品质，走上了通往心灵成长的道路。

@仙缘：林清平用观察家的眼力，哲学家的思维，美学家的角度，诗歌一样的语言，发自内心的善念，把普通的生活，描绘成了一幅幅风景图画！他的文字太美了，我爱不释手，反复阅读。他的作品，不读不知道，一读放不下，字里行间总能引发我的心灵共鸣！每每心有疑惑时，我就翻出林清平的文字来对症看一遍，如同吃良药，真的管用。我的大学生孙儿读过林清平的作品之后，说他是现实主义的作家，理想主义的人生，让人在现实中充满理想，激发进取心，理想中回到现实来，让你明白事理！

@天边 de 背影：林清平的文字读来让人明朗、通透、浅笑安然。想当初我这个在抑郁之门徘徊之人有幸遇到了林清平的文字，是他的那些明亮清澈积极向上的文字把我的心引向光明。

@孙亚欣：接触到林清平的作品正是母亲住院手术的那些日子，边陪护母亲边读林清平的作品。跟随林清平的文字，我重新审视了自己40多年的人生。仿佛就像一个导师在我耳边训导，使我不再纠结、困扰和迷茫。

@成玉库：在我的心目中，林清平是一盏明灯，一缕阳光，他既是传统文化的传播者，也是人际关系的艺术家，又是人们心理保健医生和灵魂的工程师，更是未来人生征途的领路人。

@文学：我本来很少看纯文学书，但看了林清平的书后，爱起文学了。文学的力量在于营养心灵，提高生命的智慧。林清平不光是生活的智者，也是我们心灵的导师。

@丁铁艳：有人码字，出手尖酸刻薄，恨不能砸烂这个世界。有人却口吐莲花似拂面不寒的春风，又胜似潺潺清泉，圆融柔和。林清平显然属于后者。

@董红俊：林清平的文字句句都闪烁着思想和智慧的光芒，给人启迪，给人安慰，催人思考。他的这些文字确确实实是能使人心灵得到营养和净化，品后受益匪浅！

@杨柳青青：林清平不仅修身正己，关键是他是做着利他利社会的事业，已经超越了中国传统意义上的知识分子的独善其身。

@丁玉军：林清平作品，文字清新，如出水之芙蓉，意境平和，有雅静之神韵。

@糊涂妹：读林清平作品的感觉就是，有一个磁场和我相似的老朋友与我心灵对话，越看越想看，很简单，很轻松，老师的语言朴实，这才是大道至简的真谛。

@欧阳若雪：在我情绪低落的时候，非常幸运地遇见了林清平的文字，对我而言，他的文字是心灵温暖的阳光！

@如水人生：阳光照进窗棂，文字温暖心怀。林清平的文字有温度、有深度，读来满满的正能量。

@祈祷：林清平是心灵专家，他的文字是如此的对症，读了他的文字，人生中还有什么样的痛苦想不明白？生活中还有什么样的烦恼解决不了呢？林清平的文字是一剂剂良药，开心的时候想读，不开心的时候更想读。

@云舒：林清平的文章不仅文字优美，于潜移默化中茁壮脆弱的心灵，还教人如何在成长的路上，阳光前行。他的文字能够穿越心灵的柔软，触动灵魂的思考，在人生关节处给我们启示与灵感，为我们清楚地指点解决心灵问题的方向。

林老师的文字，在我人生迷茫脆弱的时候，影响并强壮了我的内心世界，矫正了我的人生方向！

@王晶鑫：林清平的文章如一缕春风，给人以欣欣向荣的希望；如一缕阳光，给人以温暖的爱意。

@Linda春风：林清平的文字朴实自然清新凝练，如清泉涤荡心湖，纯净心灵，开启心智，似一盏明灯照亮前行的里程。读林清平清新自然的文字，纯净我心，犹如给心灵洗澡，浮躁的内心顿时获得平静。

@李建军：林清平的文字，精炼、浓缩、朴实无华、朗朗上口，似音乐，又似美酒，醇厚、沁人心脾、回味无穷，少一字——缺憾，多一字——累赘、做作，皆发自内心的感悟，对人生的思考。有经历、有纠结、有剖析，更有释怀、吸收后的高度精练，字里行间皆有深厚的积淀和文化底蕴的支撑，都事出有因，万般倾情。

@青山依旧：喜欢你文章里那些平实的语言，看似平淡，却常常能熨平心底的皱褶。

@朱惠：林清平的文字充满正能量，给人的是正面精神影响，并开启人的智慧。

@高虹：感谢林清平的每一个文字，每一个生活启示。我女儿上大二，也喜欢您的文章，对于美国出生的孩子，能有兴趣读到感兴趣的中国文字太难得了。

@WANGBAOHE：林清平的文字直白易懂，多一个字或少一个字都不行，大众非常容易接受。

@飘逸：林清平的文字深刻唯美，寓意深远，富有哲思，给人启迪，提高人的修为，开启人的智慧，开阔人的胸襟，涤荡人的心灵，冲击人的灵魂，正能量满满。品读林老师的文字，能让人学会理智地处世，从而使生活变得更加安然，心情变得惬意舒畅！

@夏日炎炎：一直在拜读林清平的文字，喜欢它的清新、淡雅和醒世。

@艺竹舞蹈学校校长：拜读了林清平的文章，受益匪浅！人生就要有不一样的思想、维度与感悟。谢谢他为这个世界点亮了一盏盏心灯！

@明英：林清平的文章真好。好的作品让人读后会品出它的独到之处、品出味道。让人如身临其境，真的是用语言无法表达。

@韩俊宏：字字珠玑！读林清平的文字，如同渴饮甘露饿食美味。有些想不通的事，经老师轻轻一点拨，顿觉醍醐灌顶豁然开朗。阅读是一种很享受的事情，而读林老师的文字，感觉在熨慰我们的心灵，启迪我们的智慧，还原我们的本性，照亮我们的心空……

@中国梦：对林清平的文字充满敬意，感恩老师正能量的传递。真正的修行来自干净的灵魂。

@上善若水：林清平老师就是能给人以思想启悟，改进人的精神状态，提升人的心灵情操和人生智慧。

@随缘：读林清平老师的文章已经成了我每天的必修课。

@凌寒梅香:林清平的文字，总是那么有力量，有温度！

@何嘉莹：林老师妙手偶得，对我们来说可能就是画龙点睛。

@和谐：喜欢拜读林清平老师的作品，因为他写的作品接地气，是心灵的共鸣，是事实。

@禅茶一味：林清平的文字是治疗世人急功近利的心灵妙药！

@翠玉清纯：每天花几分钟时间读林清平老师的文字是一种享受！林老师的文章有着至高无上的境界，值得我们去读，去领悟。

@大浪淘沙：林老师的文章能给许多迷茫的人指明心灵的归属和方向！如旭日，好温暖。

@二月：林老师是哲人，智人，他的文章不仅美，还能影响教育人。

@星星点灯：每天欣赏林清平老师的哲理美文已成为自己的习惯，老师的文章通俗易懂，如醍醐灌顶。

@大浪淘沙：林清平老师的文章如涓涓细流沁人心脾，蕴含人生大智慧。

@阳光：拜读林清平老师的文章，犹如同老师行进在林荫小道娓娓细谈；犹如同老师临坐岸边湖堤面对面手拉手般地倾心交流。老师用浅显的文字道出了人生的深奥哲理。

@弘缘：每每在我陷入自己的坏情绪时，都会读林清平的文字，他的文字中总有能点醒我，解我困惑的答案。

@艺隆雅馆结缘阁：读林清平老师的文章，是因为我喜欢，是因为我需要，他的文字是照亮我前行之路的一盏明灯！每次读林老师的文章，我都会觉得自己进步了一点，读完后都会不由自主地分享给自己的朋友，让我的朋友从老师充满智慧的文字中受益！

@蒋虎：在我那段人生最痛苦、最阴暗的日子里，无意间和林清平老师结缘。看了他的书，我豁然开朗，如梦初醒般清爽。由此我认识到，每个人的心里都需要一方净土，那个地方你可以安然入睡，像个孩子般愉悦无邪，脱离世俗的束缚，去静静地思考本属于我们自己的人生。过去，我一直追求着错误的东西，在名利场上厮杀，在利益场上角逐，追求那些与我们生命没有什么太大关系的事情，不能按照自己的内心去做事，所以活得太累，太虚荣。林老师让我懂得，人生中其实有很多华丽的亮点，这些是我们可以追求的。按照自己的内心去走，这样的我们才会开心快乐，感到自由自在。后来，与林老师成为挚友，我把结婚照的配饰换成了林老师的诸多著作中的两本书，觉得特别有意义。

@艺霞：林清平的文字充满哲理，弥漫芳香，启迪人生，导航幸福。

@《思诺》：感谢林清平先生给我和我们全家写出很多的营养文字。

@谢芳：一直喜欢清平兄的文字，清心养神，满满的正能量。

@启明长车：读林清平老师的文章久了，心越来越静，越来越平和。

@阳光明媚：第一次读林老师的作品就被吸引了，淡淡的沁人肺腑，简单而又饱含哲理，犹如一盏明灯，一缕阳光，让心变得温暖，读之心越来越宁静平和！看透而不厌世，心永远向阳，方能感受到世界的诸多美好！

@梦仙竹：林清平的文字是从生活的琐碎中用心体会凝练

而成，读之，感觉就是自己想说要说而还没有说的话，深刻而充满哲理，受益颇深。

@程周恩：林清平的文字，似清泉滋润众生的心田，似朝阳引领众生的方向，为众生心灯更加明亮加持力量。

@樱子：最初结缘林清平的文字，我惊叹与先生有许多思想共鸣的地方，先生的文字充满着哲理和禅韵，让我关注至今并深受启发和教益，感谢一路有您的文字相伴！

@A000：林清平的文字风格独特，魅力独特，读这样的文字，可以为我的生活和人生加分。

# 左手持灯，右手为文

王达敏　程宁


　　林清平的作品，读时颇有感触，读后自然受益匪浅。最近读过他一批作品之后，胸中涟漪难抑，就有了不得不写这篇文章的冲动了。

## 一

　　想来，作家总是一群可爱的人。因为他们本该是真诚和善意的使者，身肩知识分子的责任，负着"文以载道"的使命。这是写作的人必然知晓的道理，且将视之为约，默然遵循。然文学的功能却并不止于此，它还是作家自我观念和个体意识的传达者与表现者，其情应为我而发。文学究竟是抛向社会的鞭子抑或是作家心灵的自序传，正应了那个千古疑难——"诗言志"还是"诗言情"。不可避免的疑难，更应当审慎对待。那么，当作家们相继站上这座由理性与情感、集

附录　读者之声

体与个性相缠绕所铺就的十字路口时，又当如何呢？

　　诚然，不少作家已作出了偏颇的选择，他们或是怀着极端的仇恨以笔为锋刃，直击敌人，或是一味地向自己的内心里钻凿，闭门造车。滥情耗智，失了节制。但即便如此，一个优秀的作家在面对外在世界与自我精神的抉择时还是懂得谨慎处置的。我不由得想起诗人舒婷的一句话："痛苦，并上升为对别人的关怀"。这或许是给作家们最好的提示：将自我的痛苦升华，将个体的经验延展，从而给人以生命的启示和生活的指引。朱自清在最平常的人事景物里酝酿出最不平凡的情理，余秋雨以自身浓厚的博识感悟并追索着中国的历史文化气韵，史铁生则不拘囿于身体的残缺反而从中顿悟出深刻的人性谜底与人生哲理。以小见大，见微知著，站在十字路口的作家正可以利用自身正处于连接点的景况，将矛盾相沟通，相融合，而不至于极端。换个角度待之，疑难的背面便是机会，这是十字路口留给作家的余地。

　　"一花一世界，一叶一乾坤"，文学创作的空间豁然变得开阔。只是，作家若想要在这花叶中发现世界，必然需要拥有一份悲悯的善意和敏锐的洞察力。显然，这两样东西，林清平并不缺少，也正与他的思想主张不谋而合："把简单的话说深刻，把深刻的话说简单。"（林清平语）浅入深出，深入浅出，从简单的事物中发现不简单的人生智慧，将蕴含着深厚哲理的抽象体表达得具体而易懂，由此，足迹所覆之地才皆是思想，笔墨所及之处都获得了意义。

　　也正因为"余地"的存在，林清平的文字里充满了理性与感性的互为、经验与哲思的交叠。而在他的哲思散文集《人生没有草稿》中，他依旧延续了自己一贯既抒情又说理的风格，在展示自身人生轨迹的同时也表达了他内心泱泱的情感，述说出无数隐藏于寻常处的深刻哲理。这部散文集分别以"原点""流年"和"回声"作为章节标题，从而使其通过各自所涵盖的时间意识为读者纵向梳理了林清平的童年生活、青年羁旅以及中年沉思。从生命源头上的茅草岗到桥上的忧郁少年，从梓树奶奶讲述过的故事到老照片固置了的旧旋律，时光从一株白玉兰上穿过，又在一棵树上被唤醒，而经文字活过来的旧日微尘里浸泡着作家浓浓的怀旧情绪，积淀着他于人生之田上深沉的播种与累累收获：他自比为一只和春天一起奔跑的野兔，描摹出人生的动态感，在昭示人生充满奔波漂流之情状的同时，也展现给我们生的快乐——"生命里因此有了永恒的春天"；他以梦为界线揭示出活着的人在梦里和梦外、理想和现实之间不断穿梭的真相，继而认可了这段拉开梦里梦外的距离，将之视为美和生命的意义；他告诉我们要"为生活而活着"，以一颗禅意氤氲的平常心对待花开花落。通过故事与文字，林清平的情感世界已向我们打开，其人生经验正在回忆的漂洗中生发着香气，使人读来意味隽永，引人入胜。

这份经验自然也通过向"人生"层次的升华而突破了个体范畴，看似简单的事物如鸟窝、梓树、山芋等也具有了深层的意蕴，文章的格局亦大了起来。只是，当林清平以文字的形式将时光停驻、结晶，从而使得岁月通过情感与哲思撞出"回声"时，人生的真相却令人无奈：已逝的时间无法重来，"人生没有草稿"，不是草稿的人生从人的出生开始就成了一页页定稿。所以，写下这字字珠玑的林清平实质上最想要告诉我们的话即"不要消费自己的人生"，简单的话里饱含着他对于我们写成完美之稿的希冀。自然，与注重思想性的小说不同，散文是主情的文体，但这并不妨碍情理的交合。理中之情更加发人深省，理则因为情更易引起共鸣。情理间的张力便是无限意义的生成，或者说，情理并茂正是散文之"味"所在。由此可见出《人生没有草稿》选择在小事小物中抒情、在抒情中阐释人生哲理上的用心。同样，其另一部散文集《晨语——让心亮起来》（下文简称为《晨语》）亦是通过对春夏秋冬四季清晨的描写来分享他对人生的领悟，给人以醍醐灌顶之感。这样看来，任卫新在前者序言中借用"金蔷薇"的故事对林清平在写作上所流露出的"微尘熔金的精细与经心"的称赞，说的也就是他这种从细微的花叶中看见世界之意义的奇妙了。

二

林清平以"行者林清平"作为自己的微博昵称。据他解释，之所以以"行者"自称，"一则与我的职业有关，作为一名记者，我每天行走在路上，是个实实在在的行者；二则我是个注重内心修炼的人，在我看来，人生就是一种修行，这和佛家所说的'行者'有相似之处。第三，我是个喜欢在思想中行走的人，无论何时何地，我思想的脚步总是很难停

歇，从这个角度说，我是个思想的行者。"（林清平语）

由此可窥见出林清平最基本的人生观：人生是一种修行，而修行的目的在于修炼内心。所以，深受中国传统文化思想影响的他尤其看重灵魂世界的洁净与澄明，习惯以禅的眼光看待世俗，透视世界。这种平淡的人生态度一旦具体到文学创作中，他的文字便自然而然地形成了一种冲淡闲适的诗意氛围。因此，我们在《人生没有草稿》一书里既看不到那种剑拔弩张的愤慨，也感受不到多愁善感的矫情，林清平只是以一种不紧不慢的节奏将自身的体验与感悟向读者娓娓道来，以春雨"润物细无声"般的言说将浓淡相宜的感情与深浅适中的哲思传达出来。我想，这种平稳的节奏不仅来源于作家熟练的操控文字的能力，更反映出林清平内心的平和与宁静。

然而，又与上述恬淡闲适的观念有所不同，林清平更加看重现实生活，主张人间的真善美。这种对于爱和善的强调进入到文章中，使得《人生没有草稿》不仅直接告诉世人生活的真谛，还形成了一种和谐乐观的基调。这样，我们才能经常从他的文字中感觉到一股勇气和希望——当他的人生被忧郁和孤寂所绑架时，他却领悟到了忧郁所带来的美好："在当下这个躁动的时代，忧郁与孤寂散发着一种格外的芬芳，成为绝无仅有的灵魂栖息地"（林清平语）；面对与生俱来的幽灵般的声音时，他并未退缩反而勇敢地面对："为了鸿毛的再次坠落，我注定要义无反顾的行走"（林清平语）；陷入人生跋涉的他始终相信"行囊里的葡萄藤一直守护着我的梦境，它弥漫在我的一生里，并且每个春天都会发芽"（林清平语）；他以"花开花落都很美丽"的信念对待生死，以"上善、悲悯、爱和感恩"对抗生命的虚无。林清平承认人之欲望和苦难的存在，但却并不因之而消沉、而悲观，相反，他倡导感恩和满足，赞扬苦难里的心灵自由，重视平凡中的微小幸福。有了希望，便有了源泉，所以林清平的文字充满了光和生机，平实而不阴暗，轻盈而不滞重。

这种勃勃生机在他的《晨语》中表现得尤为明显。与《人生没有草稿》一样，这本书同样以时间顺序结构，只不过，前者是以人生阶段作为划分标准，而后者则是按照四季时序区分先后，从而为读者描绘出四幅不同的清晨之画，春晨的活跃、夏晨的浪漫、秋晨的沉静和冬晨的旷远——呈现于画布之上，诉说着生命的绚烂多姿与人生的欢愉饱满，从而给予人以充沛的融入现实的能量。可见，林清平一直秉持着一个作家最为诚挚的关怀人生的初衷，怀着善意爱着他人。正如《晨语》的副标题所言："让心亮起来"，他的文字便是照亮人之心灵的灯，从而为人们提供一份精神的养料，让世人的灵魂不断趋于洁净，让生活在光明与坦然中走向安宁。同时，以诗人的目光看事物，事物便溢出诗意的美，才有了美的意境，而生活才成了"诗的生活"。就这种意义上而言，林清平与朱自清之间构成了一种对话的关系。他们都拥有一颗善于发现生活之美的心灵，而这恰恰也是作家必须具备的品质。

以文为灯，引领上善，是林清平的生活态度，也是他的文字充满温度的原因。而此刻，左手持灯，右手为文的他亦正用清雅质朴的语言表达着对自我的省思，并将之传达给世人："活着，有痕，这就是一生"便是他借由《人生没有草稿》一书献给读者的礼物。这礼物里所包含的既是一个作家本能与人的爱意，又是一个过来人言语不尽的警示。"活着"与"有痕"正如院子里的树与影，树在生长，影子在记录。影子随着树而扩展，记录则成为回望的凭借。依着这凭借，等到那树大到足以将自己的枝干伸过院墙而想要随风回头看时，它就能看到自己一点又一点成长过的痕迹。"活着"固然重要，"有痕"亦不可或缺。换言之，成长是有意义的，而成长的过程也同样富有意义。人生就是树与影的相依，即便它们有时会发生分离。从这种角度来说，如同几十年以后的作者重新想起那群蚂蚁以及那个晴日的午后一般，《人生没有草稿》正是历经岁月沧桑的林清平随着失眠而回头看时，自己"走着走着"所留下的痕迹，是对他迄今为止的成长的领悟与总结。痕迹即过程，即意义，是告诉我们人生是什么以及如何继续前行的哲理。

## 三

　　树和影相依，使得院子里的风景拥有了动态的层次感。同样，人生也在"活着"与"有痕"相重叠的姿态中获得了意义的丰富：随时间流逝的人生，总会沉淀着什么，这沉淀物便是岁月赋予我们的故事、阅历以及智慧。除了时序之外，《人生没有草稿》正是照此来结构，将从"原点"出发的

"流年"以"回声"的形式对作家的人生做了省思。当然，这"回声"早已不专指该书的第三部分，而是弥漫于全书，也不局限于理性化的说理，而包含了故事与情感。或者说，它便是这部散文集的"神"。只不过，纵观全书便可以发现，与重于在故事中抒情、在故事中说理的前两部分相比，第三部分有些偏于直接说理，也由此少了点儿艺术性，但这种不同恰恰是全书理性与感性相结合的极致体现。

而就单篇文章而言，情理交融依旧是散文的美之所在，而这情这理则得益于作家的体悟。也就是说，一篇优美的散文是现象世界借助于时间、想象或二次体验而完成的升华，是由情感和哲思所生成的余味与意蕴。现象世界也因此成了审美的对象，从而获得了美的属性。同样，当拥有美之属性的现象世界压缩为林清平笔下的鸟语花草时，俗世的一切亦生出了无限的美感。然究其根源，美的生成则出自他那充满柔软的心境和慈爱的目光。有了柔软，便有了博爱之心，进而才能视众生皆平等，才能善意地关怀他人与世界，才能用未掺杂利害的态度看待自然万物，最终解开自然人生的谜语，为我们建构出另一个"诗的世界"。而经由《人生没有草稿》和《晨语》以及林清平其他的作品，我们都可以感受得到这位作家本人的心性境界。所以，林清平不仅以物质化的文字与我们分享了他珍贵的人生体验和当下思考，从而给人以指引，更可贵的是，他自身的德行亦令人敬服，使人心向往之。

最后，奉上《人生没有草稿》中一段颇具意味的话，以作结尾："人就是一盏灯，活着的意义就是将这盏灯点亮，为自己照亮的同时，让同路者借一点光"。人的价值指向不外乎于己于人，而其内容只是为获取内心的光明、灵魂的安稳而已。这段话是林清平给予我们的启示，亦是他本人的人生追求和精神写照：左手持灯，右手为文，全化成这句句箴言，所求的就是提亮自我生命的底色，并用自己的人生给他人的生活撒些光。

为此，他不停地行走在思想中，而在他行走的路上，思想已让时间的链条有了松动的可能。于是，林清平可以在极短的10分钟里跨越过去与未来、现实与理想的界限，"走过人生中的许多时期，甚至整个人生"（林清平语），也可以清晰地看见灵魂的荣枯，听见生命的渺渺沉吟。于是，这偌大的世界和神秘的人生便在他的脚下变得释然而有迹可循。对于这位作家，有人曾这样评论过："林清平身上，每一处都似长了眼睛。不需要的时候，那些眼睛永远是闭着的，当需要的时候，它们又都睁着。"